苓菁作品

苓菁作品

苓菁作品

苓菁作品

笭菁作品27

# 探病

## 禁忌錄

笭菁 著

目錄

CONTENTS

禁忌錄・探病

本故事純屬虛構・內容概與現實無關

# 探病

禁忌錄

# 楔子

夜半時分，刺耳的緊急呼叫響起，護理師們兵荒馬亂的推著儀器衝進去，這已經是這星期以來第三次了。

疲憊的女孩從簡易折疊床上爬起，探視仍在睡夢中的爺爺，確定老人家沒被這件事打擾，才揉著惺忪雙眼，輕手輕腳的開門往對面看。

一開門，才發現幾乎大家都醒了，在醫院不好睡人人都淺眠，一點動靜就容易甦醒；她朝斜對面的阿姨頷首打招呼，阿姨皺著眉，在那兒輕輕搖了搖頭。

對面的爸爸已經病入膏肓，病危通知發了好幾次，在鬼門關前來來回回，光用看的，她就覺得那位爸爸應該痛得要命，只是連喊都喊不出聲。

不管是切開插管還是電擊，任何一項她都不希望感受……望向沉睡中的爺爺，她也不希望爺爺承受那樣的折磨與痛苦，如果爺爺真的該走了，她會放手讓他走。

再捨不得，也比讓他受盡虐待痛楚好。

「第三次了。」斜對面的阿姨比了個三，滿是愁容。

她只能點點頭，這也沒辦法，聽說家屬要求一定要救下，不管醫生怎麼勸都無用；

遇到親情，要放下也是很難。

既然醒了，就去倒個水吧。

回身進病房拿水杯，走到五公尺遠的調理室去，這兒冷熱水都有非常便利，扭開保溫瓶裝妥溫水後，留意到走廊上依然混亂一片。

她小心先讓護理師推儀器經過才步出，不想妨礙到急救病人的他們。

跟著，醫生急促地衝來，她回身看著醫生奔過，看上去相當的憔悴……咦？一個身影緩步地扶著牆邊欄杆往外走，腳步蹣跚，背影佝僂，她瞇起眼，為什麼背影有點熟悉……

「爺爺？」她大吃一驚，焦急地往前，為什麼爺爺突然起床了！「爺爺！」

爺爺雖然行動不甚便利，但動作也沒這麼快啊，為什麼才一轉眼就下床還走這麼一大段了？

「爺——」她才開口要喊，突然轉角處又衝出護理師。

「5342房！」護理師大喊著，迎面衝來，「快點！」

她錯愕的呆站著，看見護理師匆匆掠過她身邊，5342……不就是爺爺的病房嗎？

什麼！她回身看護理師們衝進了她剛走出的病房，再驚訝的正首看向眼前的長廊，曾幾何時……爺爺的身影已經不見了！

不不不！她先是僵在原地，然後咬牙就往前衝！

剛剛爺爺明明還走在她面前的——衝到了護理站櫃台區，她看著斜前方的電梯敞開，爺爺竟早已步了進去！

「爺爺！」

滑步衝向電梯但來不及，她拚命按著按鈕，電梯卻已經關起降下。

「開門！爺爺！」她哭喊著，拍著電梯門，回頭看向護理站內，護理師們都因緊急狀況離開了。

爺爺不可能走這麼快，她該知道的，那不會是爺爺！頹然地走回爺爺的病房，竟如同對面一樣的兵荒馬亂，大夜的護理師慌張進出，儀器響聲與喊叫聲此起彼落！

「幸好！」醫生的聲音傳來，「這邊穩定了，再觀察！」

醫生餘音未落，轉身就又進入了對面病房。

女孩恐慌地衝進，爺爺被戴上了氧氣罩，一室通亮，但爺爺仍舊安詳，看似沉睡。

她忍不住掩面痛哭，前一秒才想著如果爺爺撐不下去……幸好，幸好！

嗶——又一陣刺耳的長嗶音傳來，源自對面的病房。

「充電！Clear！」同時，對面傳來驚呼聲，「再一次電擊！」

醫院，生與死的交界，女孩緊緊握著爺爺的手，聽著那心跳停止的聲音自對面病房傳開並未終止。

……那她剛剛在走廊上，看見的是什麼？

『心跳停止，死亡時間凌晨兩點零三分。』

# 第一章

劉慧喬握著手機，照著上頭的 Google Map 指示往前進……不對，應該是往後，她硬是走了兩遍，好不容易才確定了自己的方位。

繞出小巷，左顧右盼，照理說醫院應該很……喔喔，終於在馬路面對看到了急診室三個大字，總算找到了！

紅燈有九十秒，她索性順便察看 LINE，發現朋友都到了，直問她在哪裡。

『在等過馬路了！』她草草回著，這紅燈有九十秒也是始料未及的久啊！

大學同學出車禍，大家約了一起來看她，雖然說聚會約在醫院很怪，但總是個相聚時光嘛！

加快腳步進入醫院，才準備往電梯衝卻又突然想到忘記問病房號碼了！

一旁就有查詢電腦，她直接輸入同學的名字。

「林雲芸……」輸入後，果然出現了病房號碼：5311。「五樓啊！」

趕緊到電梯那兒去，醫院一直是個很喧鬧的地方，掛號處、領藥處，還有許多家屬穿梭，一樓的便利商店也人滿為患，還有一個角落專賣健康素食餐點，供病人或家屬選擇。

就近的電梯有三座，不過一樣好多人，甚至從地下室上來就滿了，但是五樓好高她又懶得爬，一直等到第三趟，總算讓她擠進電梯裡；醫院的電梯其實相當寬敞，只是如果遇到病床就會佔掉許多空間。

好不容易到了五樓，結果醫院走廊既長又複雜，出了電梯正面對是護理站，護理站邊就有條走廊，左右都有，她先往右，在一個彎道後進入下一段長廊，走了好一段時間的岔口再左轉，林雲芸的病房也太太太遠了吧！

終於，好不容易在這條走廊接近底部時，找到了5311房。

門上寫著林雲芸的名字。

裡面早已經吵翻了天，她在好遠的地方就聽見小貝的聲音，依然禮貌地敲敲門再推門而入，一票同學都已經在了！

「厚——劉慧喬，妳連探病都會遲到喔！」大嗓門的小貝果然第一個發難，「妳不是很早就出發了嗎？」

「小貝，妳又不是不知道她路痴。」內在跟外表沒一起長的周士興勾著嘴角笑，「真是數十年如一日啊。」

「我去你的！」劉慧喬不客氣地把周士興推開，好讓她瞧見病床上的病患，「雲芸！」

病床上的女孩一隻腳裹滿石膏被吊著，右手也上著繃帶，躺在床上看起來相當虛弱，勉強舉起左手表示打招呼。

劉慧喬嚇了一跳，她承認這比她想像的車禍嚴重太多了！

「我的天哪……不是說只是擦撞嗎？」劉慧喬硬擠到病床左側去，「為什麼會這麼嚴重。」

林雲芸苦笑，她現在連說話都會痛，只好扔了眼神給站在右側的短髮陳淑倫，他們這票的 Leader。

「擦撞是擦到車子，問題是林雲芸飛出去了啊！右腳骨折，其他都剉傷，連臉都磨傷了。」陳淑倫指指林雲芸的右臉，的確也是貼著紗布。「腳打鋼釘，還得復健好長一段時間咧。」

「好慘喔！」劉慧喬忍不住看向患者，「不過沒關係，好好復健應該會沒事的。」

林雲芸只能虛弱地點點頭，她的確也別無選擇。

「我聽說撞她的只有輕傷，一副沒他的事似的。」長髮的鄭雅妃不屑的說著，「酒測值很高，對吧！」

「什麼？酒駕？」劉慧喬一臉驚訝，「酒駕很該死耶！」

「本來就是！」周士興深表同意，「肇事者好像胸骨挫傷而已，從頭到尾都讓律師出面，完全沒親自來跟林雲芸道歉。」

林雲芸一臉無奈，她現在這樣連生氣都困難。

「有錢人就是了不起啦，用錢都可以砸死我們！」小貝超不爽的，「雲芸，不要輕易和解知道嗎？」

林雲芸淺笑，老實說，不和解難道要曠日費時的打官司嗎？不是每個人都有那個時間，一如她現在這樣的狀況，還要動不動出庭也太麻煩；媽說了，只要價格 OK，他們打算就和解了。

劉慧喬悄悄往隔壁床看去，才發現隔壁沒人。

「所以林雲芸算個人 VIP 喔！」

「現在算是吧，隔壁還沒住人。」陳淑倫聳了聳肩，「不然哪由得我們這樣鬧？」

「奇怪，阿瑋呢？買個點心也買太久了吧！」周士興留意到少了一個人，「他在劉慧喬還沒來前就去了耶！」

「咦？我還以為阿瑋還沒到咧！」嘖！劉慧喬有點惋惜，原本以為至少不是最後一個。

「最好啦！」所有人異口同聲，「每次都妳最晚！」

一群人為著默契又笑了起來，聲音大到簡直像在開 Party，事實上隔壁病房有些受不了，病患掩耳休息，真的吵死人了！

「我去看看好了。」鄭雅妃一邊說，一邊拿手機往外走去。

「需要幫忙再講一下喔！」陳淑倫伸了伸懶腰，回頭看向空著的床，把自己摔上去，

「啊……好累喔！」

她一坐上去，林雲芸立刻有點緊張，「……打掃的阿姨……說，不可以坐！」

「噢！」小貝聞言，立刻滑步上前把病房門關起來，「這樣她就看不到了！」

回身也坐上了床，病房又不大，也沒幾張椅子，難不成真要他們都用站的喔！

林雲芸忍不住噗哧想笑，這一噗哧又讓她胸口痛，周士興趕緊安撫她。

「就不要剛好下一個病患進來，看見妳們坐他的床！」劉慧喬叨唸著。

「門上有小窗口啊，一看見有人我們站起來就好啦！」陳淑倫說得理所當然。

「你們這種喔，就跟旅館房間沒換被單，想說反正睡的人不知道就好的意思是一樣！」劉慧喬搖搖頭。

陳淑倫跟小貝同時吐舌扮鬼臉，然後好奇地問她帶了什麼禮物。

劉慧喬哪能帶什麼，知道林雲芸是開刀，很多都不適合，所以只能想到雞精，這是最有效又實用的了。

出去的鄭雅妃打LINE給阿瑋沒有回應，剛剛劉慧喬來前說要去買隔壁巷子的豆花攤，結果到底買到哪邊去了？買太多可以叫人幫忙啊！

靠在牆邊打字，問他需要不需要幫忙……嗯？

打字時，鄭雅妃注意到兩公尺前，竟有老人家步履蹣跚。

「阿北！」鄭雅妃走上前去，輕喚著，「阿北，你要去哪裡？」

阿北實在走得太辛苦了，一邊撐著牆邊的扶手，一邊走路，每跨出一步都感覺費盡了洪荒之力。

「啊……我要去找朋友！」阿北說話也很吃力，舉起的右手都在抖，「阿樹啊，好幾天沒看到他了！」

「阿樹啊？他在哪邊你知道嗎？」鄭雅妃左顧右盼，阿北怎麼沒有家人或是看護呢？「阿北，你房間在哪裡？有沒有輪椅啊？」

阿北這種身體，應該是要有輪椅輔助才對，他根本不良於行，是用全身的力量在桿子上撐著。

「啊……角落那間！」阿北回頭，指向自己左手邊，「我記得很近的啊，阿樹仔那ㄟ不見了！」

「角落……阿北你等我一下喔！」鄭雅妃說著，趕緊快步往阿北指的方向去，如果說是角落，可以猜是最後一間嗎？

白天許多病房門均開啟或半掩，她也不太好意思打攪他人，遲疑的來到最末間，那間房門敞開，不過裡面真的沒人，門邊就擺了張輪椅，鄭雅妃趕緊把輪椅打開就往外推。

只是才繞出門口，往右一探，阿北居然不見了！

「啊咧！」鄭雅妃超錯愕的，推著輪椅火速往前，「阿北你是走這麼快幹麼啦！」

她快步回到剛剛遇到阿北的地方，的確阿北剛剛逼近了岔口，但是等她走出這段走廊後，左右張望目視所及的長廊上，卻沒有阿北的身影！

咦？鄭雅妃有些緊張，難道阿北要去看的朋友就剛好路口這幾間病房嗎？這麼快就走到了？所以他才不用輪椅？她一時也不知道該從哪裡找起，想想也不是她的責任，乾脆快點把輪椅擺回去才是正途！

迅速衝回角落的病房，一進去卻差點撞上了人！

剛剛無人的病房此時站了一個女孩，她正一臉困惑地望著跑進來的鄭雅妃。

「呃……那個……」她尷尬得不知該如何解釋，「歹勢，我只是借用，借用一下。」

「我阿公呢？」女孩問。

「啊……那個阿北嗎？」鄭雅妃莫名其妙地鬆了口氣，有親人在就太好了，「我剛看見一個阿北說要去看他朋友，但走路很辛苦，他說他病房在角落所以我才進來借輪椅的！」

女孩明顯地瞪圓雙眼。「阿北……要去找朋友？」

「我剛進來看沒人，推了輪椅就出去，不是故意的！不過……」她顯得有點困擾，

「我推出去後阿北就不見了，可能走到他朋友那邊去了吧？」

「噢，好！」女孩喃喃的點點頭，「謝謝妳！」

「不會！不好意思直接拿你們的輪椅！」鄭雅妃可是尷尬得很。

女孩搖搖頭，「是阿公不聽話啦，謝謝妳喔！我先去找他！」

女孩朝鄭雅妃頷首後，匆匆走出病房，急著去找人了。

鄭雅妃將輪椅放妥後，趕緊退出別人病房，省得又造成什麼誤會；轉身離開時，已經不見匆忙的女孩背影，倒是有個悽慘的男孩迎面而來。

「阿瑋！」鄭雅妃一臉不可思議的上前，看著從走廊轉過來的他，「你為什麼……瘀青還流血啊！」

「唉，別說了！」男生舉起豆花，「沒看到凸起的路面，跌了個狗吃屎，幸好那時還沒拎豆花！」

「現在是關心豆花的時候嗎？你怎麼……哎唷，為什麼一直沒變啦！」她不住嚷嚷，「到底是你迷糊還是衰啊！」

「呵呵，都有吧？」阿瑋倒是泰然，「反正就這樣，不是什麼大傷啦！啊，劉慧喬到了嗎？」

「厚……」鄭雅妃搖搖頭，往斜前方的病房走去，「不要來探病變成自己要掛號喔你！」

「這小傷，不必這麼麻煩啦！」阿瑋依然嘻皮笑臉。

從大學開始就這樣，阿瑋總是少一根筋，走路跌倒騎車摔車什麼小意外都有，總體說來不是運勢很強的一個人，再加上迷糊的個性，他都快變成急診室 VIP 了。

一推門而入，整間的人都往門口看來，全都定格兩秒後就是一陣驚呼，「阿瑋！」

「你是怎麼買的啦！」周士興飛快接過豆花，劉慧喬上前檢查他的傷勢。

「你手肘流很多血耶！一個洞！」

「走路看路很難嗎？」陳淑倫也一臉不可思議，「你都幾歲了，阿瑋！」

「你樂透也能用這種模式早就中獎了好嗎！」小貝搖頭嘆息。

阿瑋一貫的傻笑，搔搔頭覺得沒什麼，豆花交給大家後他就去浴室稍微沖一下傷口；劉慧喬幫忙分配豆花，大家或站或坐的好像在開同樂會似的，鄭雅妃想幫林雲芸架桌子，但她搖搖頭說等等再吃，現在還沒什麼胃口。

「喂，妳們也差不多一點。」周士興看著對面坐在床上的同學，「等等豆花滴下去，下個病患很衰耶！」

「哎唷！」小貝嘖了一聲，「你很煩耶！我們會這麼不小心嗎？」

這時陳淑倫正忙著架手機，她買了手機自拍棒腳架，選好角度後就決定自拍，每個女生都在喬姿勢，大餅臉的紛紛往後退，都快跟林雲芸一樣位子了。

「阿瑋！你好了沒？」小貝扯開嗓子大吼著。

「好了啦！好了啦！」阿瑋甩著手從浴室出來，都是小傷口，他洗一洗拿衛生紙擦擦就算數了。

走出浴室時，他往右邊瞥了眼，看起來有點疑惑。

「幹麼？」劉慧喬問著，「要拍照了，快卡位！」

男生絕對被推到最前面的，阿瑋與周士興一左一右，為女孩們的小臉犧牲一下！連續自拍了好幾張，林雲芸也只能比出幾個 POSE，她那隻吊掛的腳太搶鏡，比什麼都威。

拍好後，大家立刻捧起自己的豆花，陳淑倫負責打卡，其他人繼續閒話家常。

阿瑋在桌邊打開豆花時，又瞥了小貝準備一屁股坐下的床一眼。

「幹麼？」小貝唸著，「看我有事喔？」

「不是啊……」阿瑋皺起眉，「我剛剛……」

「有人來了！」鄭雅妃看見清潔阿姨從對面病房出來，趕緊回頭打暗號，小貝即刻從病床上跳起來。

同一時間，房門被推開。

清潔阿姨緊皺著眉看了他們一眼，逕自走到浴室裡去清垃圾。

「你們當這邊遊樂場所喔！可以回收的記得到調理室去洗好分類！不要亂丟！」清潔阿姨向來沒在客氣的，每一、兩個小時就會出現一次。「還有小聲一點，吵到三間以外的病房都聽得見，這邊是養病的好嗎？開趴喔！」

一屋子人被罵得莫名其妙，小貝尤為不爽，還想嗆她干妳屁事，被劉慧喬攔下。

阿姨口氣是差了點，但在情在理，病房又不是旅館，能有什麼隔音？他們也根本沒留意的肆無忌憚，再加上小貝的嗓門是一等一的強大，平時說話時，幾條街外都聽得到，更別說這種歡樂時刻。

清潔阿姨收好垃圾後就要出門，人都一步跨出門外了又回頭盯著大家，「你們不許坐別人的床啊！那是別的病患要睡的！」

不知道是不是心虛，小貝跟陳淑倫都避開眼神，劉慧喬趕緊回身說知道了，清潔阿姨才離去，離去前也沒客氣，大門一甩，砰的嚇大家一跳。

「靠夭是在囚三小？」小貝超不爽的，「這音量只怕又傳出去了，「這她家喔？」

「好了！人家說得也沒錯啊！」周士興沒好氣地唸著，「這邊都是病患，來養病的，小貝妳真的要注意音量！」

小貝撇撇嘴，被說總是惱羞，加上她脾氣本來就不是很好，素來我行我素，被人糾正難免下不了台。

「好啦，阿姨只是講話直，快吃豆花吧！」鄭雅妃趕緊緩和氣氛，「不只小貝大聲，大家都忘我了，還是低調一點好，噓——」

「噓——」所有人異口同聲，一起噓……結果這噓聲又變得無敵大。

眾人面面相覷，又忍不住噗哧笑了起來，一笑又失控，趕緊再相互提醒著，千萬別吵到別人。

接著阿瑋描述他是怎麼摔倒的，點完豆花後想去買瓶飲料，結果沒留意到地上有凸起物，整個人就慘摔在馬路上，只能慶幸那時巷中無來車，否則他搞不好就被碾過去爆頭了！

「你真的很衰耶，運勢怎麼都這麼低迷啊！」劉慧喬覺得好氣又好笑，「不過你那個傷口等等還是要消毒啦！」

「欸，我聽說像你這種多災多難的，少到醫院比較好耶！」周士興很認真地望著他，「你等等回去看要不要繞去廟或警局，祛一下邪。」

「喂喂喂，怎麼說到哪裡去了？」陳淑倫趕緊拉回話題，「你們這樣叫林雲芸情何以堪？」

「最好！現在越說越可怕的是妳！」鄭雅妃切了一聲，拍拍躺著的林雲芸，她不敢笑，一笑就疼。「不過阿瑋的運勢是一直不太好，還是小心一點好。」

「哎呀！」阿瑋搔搔頭，「也是我自己沒注意啦……不過……」靠在門後的他突然停下話語，一個個看著同學，一邊還在點名。

「不過什麼？」劉慧喬滿口豆花問著。

「他剛剛就怪怪的，直盯著我不放咧！」小貝嘖嘖搖頭，「我有男朋友了，你太晚了先生！」

「我們今天就這幾個人嗎？」阿瑋歪著頭，繼續在那邊一二三四，「連我六個？」

「啊不然咧？我們七蛟龍啊你忘了。」陳淑倫指指林雲芸，「你不能少算林雲芸啊！龍不必用腳走的！」

林雲芸又想笑，打了陳淑倫一下，他們好煩！

「是喔……那可能我看錯了吧！」阿瑋皺著眉，又往小貝背後那張床看，「我剛剛就覺得好像……那邊還有一個人。」

他說得沒什麼心機，但卻讓一整間病房的人沉默下來，小貝不安地皺起眉，直覺得回過頭去，看見的是窗邊的病床被陽光斜照成金黃，病房也就這麼大，這張病床旁邊一人寬的距離就是牆了啊。

「喂！」陳淑倫全身忍不住發寒，「你在鬧什麼啊！」

「我沒鬧啊，我還在想是誰來看林雲芸了……還是林媽媽？」阿瑋漫不經心地說著，連躺在床上的林雲芸都在數數兒。

「嗨！眼花了吧！」劉慧喬趕緊想個理由，「你剛跌倒是有摔到頭喔？」

「摔妳的頭啦！」阿瑋捧起豆花碗，滿足地吞入一大口，「欸～不錯耶！」

「好啦！不錯不錯！」周士興也緩和氣氛，「今天人這麼多，你應該是隨便一瞥看亂了。」

「應該吧！」阿瑋聳了聳肩，「只是她穿紅色小可愛超辣的！」

紅……色小可愛。

劉慧喬默默地環顧整間病房，靠，別說他們沒人穿小可愛了，根本沒有一個人穿紅色的啊！

「夠了……」林雲芸難受地說著，拜託不要鬧，住在這裡的是她啊！

阿瑋也希望是自己看錯了，但是剛剛一進門時，不是衣服吸引到他，而是因為那個妹的小可愛超低胸，而且胸部很大。

實在是清楚得讓他很難相信是錯覺。

可是，劉慧喬根本太平公主，小貝跟陳淑倫胸部是很大，但是她們都沒穿這麼低，鄭雅妃就在外面接他，他看到的該不會……呃？停！阿瑋突然自己甩頭，他本來就不是運氣很好的人，是否不要亂想比較好咧？

氣氛沉悶了一會兒，直到劉慧喬刻意聊起自己最近在公司的事，大家才重新打開話匣子，忘記阿瑋剛剛說的胡話；結果最後又聊得太開心，惹得連護理師都過來請他們放低音量。

大家探訪約莫一小時後，林雲芸的媽媽回來了，向大家道謝，給了她休息吃飯的時間；同學們這才向林雲芸道別，約好有空就會過來陪她，並且說好康復後要再去登山。

「登山咧，等我先能走路再說吧。」林雲芸淺笑著，「你們回去小心，不送囉！」

「有本事妳下來送啊！」陳淑倫咯咯笑著。

林雲芸只能笑，什麼也做不了。

一群人嘻嘻哈哈的離開病房，才一踏出來，就看見斜對面的病房外站著幾個應該是家屬的人，瞪著他們臉色不太好。

周士興一發現立刻尷尬道歉，根本不必問發生什麼事，道歉就對了。

「噓，小貝妳最好不要再講話！」鄭雅妃趕緊低聲說著，「大家都在瞪我們。」

「奇怪咧！」小貝嘛起嘴，「我天生嗓門就這麼大怪我喔！」

陳淑倫推了她一下，「妳可以控制一下啊！」

「厚——」這句厚還有回音，「我就覺得我已經輕聲細語了嘛！」

不甘加不爽，小貝這句抱怨還夾帶怒氣，所以音量更大了！

「喂，同學！」果然，忍耐到臨界點的隔壁家屬衝出來，「你們吵了兩個小時，這裡是醫院，不是 KTV 好嗎？」

「我阿嬤好不容易才入睡又被你們吵起來！」對門的男孩也衝出來了。

小貝激不得，越多人罵，她越想嗆，最後還是鄭雅妃跟陳淑倫火速摀住她的嘴，拖離現場，剩下的人留下來賠不是。

「抱歉啦，我們真的一時忘我，有很注意了還是打攪到大家休息。」周士興非常愧疚，「下次一定會注意，真的對不起！」

一邊道歉，一邊往前逃離現場，劉慧喬也拚命說著對不起，從某間病房出來的護理師臉色超難看，直接說下次再這樣，他們真的會趕人。

其實不只小貝大聲，這麼多人的音量集合起來都一樣，同學聚在一起就容易失控，明知道不該放肆，結果還是會不知不覺地越聊越 HIGH……是他們理虧，不該有藉口。

小貝個性就嗆，完全容不得別人說她什麼，就算知道自己錯也只會惱羞，大家一般都會用婉轉的方式跟她溝通，鮮少這麼指著鼻子罵，她自然難以接受。

「小貝在公司不會被電嗎？」劉慧喬突然想到個性問題。

「是她主管被她電吧？」周士興很認真地回著。

「哎呀，她這個性不改以後遲早會吃虧！」劉慧喬嘆口氣，「今天的事，橫豎就是我們不對！」

「那要她聽得進去啊！」周士興兩手一攤，「先不論有無吵到別人，我記得醫院裡高聲喧譁好像也是一種禁忌。」

「禁忌？」阿瑋好奇的問了。「我來醫院才是禁忌吧？」

嗄？周士興跟劉慧喬不約而同的回頭瞅著他，「你怎樣？」

「啊運勢低的人不是最好不要到醫院探病？」阿瑋超有自知之明，「都說會賽上加賽。」

「這是要解釋你為什麼跌倒嗎？」劉慧喬好氣又好笑。

「我說真的啦！周士興，你有沒有聽過？」阿瑋拍著周士興要個支持。

「有有有！運勢低的人容易被跟，或是會更倒楣的樣子！」周士興無奈地看著阿瑋，「所以你已經跌倒，算倒楣過了嗎？」

「厚……」阿瑋倒是比較在意那個低胸正妹……到底是他看錯，還是真的曾經在……

醫院裡有一些那、個倒是不意外，醫院嘛，他偶爾很背的時候，什麼都看得見好嗎？不說是沒必要，而且假裝看不見大家相安無事就好。

只是那個胸部超大的很難忽視，再者……她待在那個房間，是之前的病患嗎？阿瑋想著不由得回頭看向林雲芸的房間，林雲芸住在那邊應該沒事吧？

三個人走向走廊口，小貝一臉不爽的在那兒等他們，陳淑倫低聲說著林雲芸不是提到有 VIP 房，要不要去看看？

鄭雅妃跟陳淑倫一人勾起她一隻手，輕聲的假裝散步的要往 VIP 房去。

鄭雅妃潛意識地看向走廊末端的病房，她心還繫著那個想找朋友的阿北；阿瑋則是略微呆滯，一抹紅剛剛又閃過他眼尾，他立刻回身，似乎又看見紅色小可愛的 F 罩杯，彎進了他們剛走出的長廊。

# 第二章

是鄭雅妃先停下來的。

他們真的在走廊上閒晃，想看看所謂 VIP 病房長得怎麼樣時，鄭雅妃走到一半突然停下。

她望著門外的牌子，想起了剛剛那個老爺爺喊著的名字。

「會是這個樹嗎？」她喃喃唸著。

「怎麼了，該不會是認識的吧？」陳淑倫覺得不可思議，在醫院巧遇一點都不是好事。

「不是啦，我剛剛在走廊上遇到一個行動不便的老爺爺，自己走路都很吃力了，還一直要去看朋友。」鄭雅妃注意到門沒關死，「他一直喊阿樹仔……」

「樹這個字當名字的應該也不少吧？」周士興不覺得單靠一個字就能斷定是誰，「說不定這一整層樓叫樹的有十個。」

大家才在談論，熟悉的身影又出現了，清掃阿姨厭惡地打量著他們，說了聲借過，半推半撞地把在門邊的鄭雅妃撞開。

「喂！妳——」小貝眼看著就要發作，陳淑倫趕緊把她往後拖。

阿姨拿著垃圾袋進入病房，鄭雅妃抓到機會趕緊往裡頭瞧——單人病房，看上去很寬敞，但是……

躺在病床上的老人家，是插管狀態，病床邊一堆儀器，他就只是躺在那裡。

「啊……」她忍不住皺眉，「這樣能進食嗎？」

簡單倒完垃圾的阿姨走出來，「這個喔，連呼吸都要靠機器了怎麼吃？當然是插鼻胃管啊！」

隨口回應後，阿姨將門隨手掩上，繼續她的工作。

這讓其他人忍不住好奇，連劉慧喬都過來推開門，一票人看著病床上如風中殘燭的老人，靠著維生儀器呼吸，胸部的起伏與機器同步，這樣的人算活著的嗎？

「我想……可能不是吧！」劉慧喬喉頭緊窒，「老爺爺如果要找朋友，就表示有在聊天，這個樣子應該不是能聊天的類型。」

「對對，我也覺得不是！」陳淑倫接口，希望安撫鄭雅妃。

站在門外的阿瑋渾身發冷，他搓著雙臂，人已經開始不大舒服；周士興瞥了他一眼，什麼都沒說，大家同學四年，不會不知道夜遊時，總有個傢伙最早暈車最早吐。

「沒事的話大家該走了吧？醫院又不是什麼觀光的地方。」他沉著聲，「隨便進人家病房也不禮貌。」

「啊……」鄭雅妃趕緊一鞠躬，「對不起，打擾了，阿公！」

「打擾了。」劉慧喬跟陳淑倫也禮貌地說著，大家小心翼翼地退出病房。

阿瑋因著同學退出而後退，結果卻又不小心撞到了人！

「啊啊，」他回身，「對不起對不起！」

他踩到一個女孩，她單腳跳呀跳的，差點往後跌跤，還是周士興出手拉住她的。

「還好吧？」周士興趕緊拉穩。

女孩紮著雙辮，一臉驚魂未定，「……沒、沒事！」

她有點害羞的低下頭，試著想抽回自己的手，周士興這才喔了一聲鬆開手，劉慧喬看著，不爽的用手肘撞了他的後背一下。

咦？周士興被打得莫名其妙，回頭看著翻著白眼掠過他身邊的劉慧喬。

「我不是故意的，我沒看路抱歉！」阿瑋連忙道歉著，「我就……」

「沒關係啦！」女孩搖搖手，「你們……我沒見過你們耶，你們是阿樹爺爺的家屬？孫……孫子？」

她顯得非常困惑，一一打量著眼前的人，之前真的從未見過這些人。

「啊，不是！我們是路過。」周士興潛意識看向鄭雅妃，不然他還真不知道怎麼解釋。

鄭雅妃卻咦了好大聲，指向女孩吃驚地說著，「是妳！」

剛剛在老爺爺房間裡的女孩。

「啊！是妳！」女孩也想起來了，「我剛沒看到妳咧！我以為……我們到旁邊一點吧，別擋在走廊中間。」

細心的女孩趕緊站到靠牆，而且不擋住任何病房門口的區塊，斜斜的剛好可以看見阿樹爺爺的病房。

「所以你爺爺真的在找這個阿樹嗎？」陳淑倫好奇地問，「很～遠耶！」

女孩嘆口氣，「之前阿樹爺爺不是住這裡，他跟我爺爺一間，是室友呢，兩個人一見如故，彷彿認識了幾十年一樣。」

「然後？」劉慧喬問著，這後面永遠有個然後。

「阿樹爺爺的身體虛弱，急救只有越來越頻繁，後來必須隔離，再最後就……」她幽幽地看向那斜前方的病房，「我現在也不知道，阿樹爺爺是否還聽得見？」

周士興皺起眉，回頭看了一眼半掩的病房。

「是急救過後嗎？我看他插管氣切，根本不能說話，再也無法自主呼吸了嗎？」

女孩點點頭。

「我見過那種混亂，電擊、插管、切開，在身體上割開一刀又一刀，電擊把胸膛燒得焦黑，CPR會壓斷他的肋骨。」她帶著哽咽，「就更別說鼻胃管或插管的尾端，深入身體裡，帶著多少膿血……」

鄭雅妃忍不住打了個哆嗦，感覺好痛喔！

「很多老人家不知道有放棄急救同意書吧？」劉慧喬感同身受，「子女們又放不下，但是不知道這都是在折磨老人家。」

「不，阿樹爺爺有簽。」女孩語出驚人，「他還看日子呢！」

什麼？一票人不敢置信地看著女孩，如果有簽，那現在躺在病床上忍著劇痛、苟延殘喘的老爺爺是？

「家屬不讓他走……」女孩露出一抹冷笑，「說還不能走。」

「什麼叫還不能走？」劉慧喬聽出了端倪，「不想讓家人離開，跟他還不能離開是兩碼子事吧。」

女孩沒說話，低著頭抿著唇，抹了抹淚。

「別人的家務事，爺爺叫我不要多嘴，我就是……偶爾過來，幫爺爺看看阿樹爺爺，跟他說說話。」

大家交換眼神，即使女孩不說，好像也知道她言之下意是什麼。

「妳不推妳爺爺過來嗎？」鄭雅妃瞧她爺爺很想過來啊。

「怕害阿樹爺爺感染，阿樹爺爺現在非常脆弱……而且，唉。」女孩嘆口氣，「我家爺爺也不是能下床的身體。」

「嗄？可是鄭雅妃不是說她看見……」小貝不懂。

劉慧喬推她一下，這意思就是阿北不顧危險的硬要下床咩，瞧這孫女都緊張死了。

「可以的話我當然會帶我爺爺來，但不行的話就我自己來看一下，再轉告爺爺，不過我爺爺也失智了，我說幾百遍他一樣會忘記。」女孩微微一笑，「我剛還以為你們是阿樹爺爺的家人，哈，其實也不太可能。」

「不太可能？」周士興不悅地深吸一口氣，「看來那群覺得他還不能走的子女們，也沒幾個來看他囉？」

女孩有點慌張的左顧右盼，比了個噓。「別在這兒道人長短，還是會有人來，但是……反正別人家的事，我們也不能從現在的情況來判斷一切。」

劉慧喬點點頭，這個她完全同意。

有時人們會看到被扔下的老人多麼可憐，子女們多麼不孝，或是妻子為何不在病榻前伺候？但外人評斷總是容易，又有誰知道這位老人在幾十年前，是否是個家暴者？是否根本拋妻棄子，直到生病了再跑回來要求照顧？

也或許沒有專業能力的家屬照顧起來反而是折磨親人，不如交給專業的人士？

「好了啦，我們問那麼多幹麼？」小貝撫撫肚子，「餓了，我們去吃燒肉！」

陳淑倫無奈地笑，說的也是，這一切不過是萍水相逢，管這麼多做什麼？所以大家跟女孩頷首道別，女孩逕往阿樹爺爺病房去，其他人便往電梯去。

「好可怕喔，我可不希望以後我也躺在那邊飽受折磨！」小貝咕噥著，「怪了，有簽放棄急救了為什麼還硬要救？」

「妳小點聲！」劉慧喬拚命叫小貝收斂，電梯後是護理站咧，護理師可都聽著，「很多事是身不由己的！」

「什麼身不由己？」小貝根本沒在管，嚷嚷著。

嗯？護理站裡一名護理師果然抬起頭，厭惡地瞪著他們。

周士興跟阿瑋趕緊回身道歉，他們馬上就走、馬上立刻！

「我拜託妳，尊重一下別人好嗎？」周士興忍不住了，「就叫妳不要這麼大聲了，妳幹麼我行我素？」

小貝挑了眉，周士興的口吻一點都不好，小貝完全激不得。

「小貝。」劉慧喬也拉了拉她，「這跟在學校不一樣，妳不能認為地球繞著妳轉吧？」

「我什麼時候覺得地球繞著我轉？我就天生嗓門大啊，我已經很努力壓低，問題是我不知道——」小貝現在是故意的，越扯越大聲，她就是討厭別人指正她！

幸好電梯來了，陳淑倫二話不說拖著小貝進去，剛好電梯幾乎滿員，勉強塞進幾個人，阿瑋說他走樓梯下去，周士興跟進，最後劉慧喬也說了在樓下見。

電梯門關上時，劉慧喬覺得聽見整個護理站鬆一口氣的聲音，不知道下次來醫院門口會不會貼著他們幾個人的照片，寫著禁止進入啊，唉。

「小貝好像越來越誇張了。」轉進樓梯間時，劉慧喬忍不住抱怨。

「學生時代可以說是直爽，但現在都幾歲的人了，而且還這麼幼稚說不得。這是醫院耶！」周士興也很明顯地不高興，「打擾到別人就是不對，我當然知道她嗓門大，但我沒感覺到她盡力壓低。」

「小貝一向不會管那個啦！」阿瑋擺擺手，「等等好好跟她說就好了，好不容易見面不要吵架。」

「喂，我說都幾歲了，還要好好說！」周士興扯扯嘴角，「我不去吃了，說我有事先走！」

劉慧喬急忙拉住周士興，「喂，你是要嗆真的喔！」

周士興回頭看向她，無所謂地聳肩，「不能慣著她，她要這樣斷交我也無所謂，剛好看清。」

「周士興！」連阿瑋都求情，「大家這麼久的朋友了……」

「不同的生活圈跟環境，感情自然就不同了，如果有人成長得慢，頻率不對也不需要勉強。」周士興相當堅決，「我另外會找時間再來看林雲芸，別約我了。」

劉慧喬瞪圓雙眼，甩掉他的手，「現在是連我們要一起放棄了喔！」

周士興一怔，他不是那個意思！

「別鬧，只是你們什麼都要約一起，但我不想，當然就只有隔開啊！」周士興趕緊也看向阿瑋，「別誤會啊，我們可以私下另外約……我看你也不要去吃好了！」

劉慧喬不悅地推了周士興的肩頭，「有完沒完啊，你不爽還要拖阿瑋下水！」

「欸欸……」周士興差點踉蹌，抓住了劉慧喬的手，「誰拖啊，妳自己看阿瑋的臉色，說有多難看就有多難看！」

劉慧喬探向阿瑋一眼，不就受點傷嗎？但阿瑋看上去是挺疲累的，而且……臉色好像有點白吧。

「唉……」阿瑋一聲長嘆，搥著肩頭，「我是不大舒服啦！這裡是醫院嘛……」

呃，劉慧喬皺起眉，這是在說什麼啦！

「呸呸呸！少嚇人啦！胡說八道！」她掩起雙耳，「好啦好啦都滾！我再跟她們說！」

「嚇妳幹麼？不舒服的是我耶！」阿瑋委屈極了，「最近運勢不好，實在不該來的！」

「不是有說什麼榕樹葉還什麼招的？離院時淨一下？」周士興也很認真的回應阿瑋，「很多事還是寧可信其有！」

劉慧喬的眉都皺出海溝紋了，「厚！不要嚇人！」

「探病本來就有一些禁忌啊，還是小心為上，尤其阿瑋又不是第一天衰對吧？」周士興很認真地看著同學，這點沒變也是有點衰。

阿瑋開始感到發冷反胃，燒肉店還是別去好了，這種事不是人多就是好的，有時人多，表示好兄弟也多，喜歡烤肉的又不是只有人？

他點點頭也說好，就不去了，麻煩劉慧喬轉告。

「你們真的好討厭！」劉慧喬嘟起嘴，「好啦！再聯絡！」

三個人一同到了一樓，為免麻煩，周士興和阿瑋決定從急診室那邊離開，劉慧喬就按約定到大門跟女生們會合。

只是才轉身，阿瑋就看見熟悉的紅色身影又從急診室大門走過。

哎呀，不好。

「幹麼？」周士興注意到他停下了。

「附近有沒有警局或是廟啊，我應該先去一趟。」阿瑋太認真，連周士興都倒抽一口氣。

「跟我的車。」他拍拍同學，「我陪你去一趟。」

他自己也到過醫院，應該順便去一下。

探病的禁忌中有一條挺惱人的，就是過度大聲的喧譁，不只會打擾到其他病患，最重要的是會引起注意——

另一個世界的注意啊，小貝！

※　※　※

「小薰，明天見！」

廣告公司，二十四樓，時間是下午六點，有幾個幸運兒今天得以準時下班，因為他們手上的 Case 剛結束，正要去吃頓大餐慰勞自己；至於其他的同仁還在水深火熱，這已經是家常便飯。

「要不要跟我們一起去吃？」同事們對櫃台吆喝，連薰予只是笑笑。

「你們去吧，好好吃！好好放鬆！」連薰予溫柔地說著，「別醉到明天上不了班啊！」

叮，電梯抵達。

「才不會呢！」一夥人興奮的吱吱喳喳，熱情跟她道別進入電梯。

電梯門關上，樓上突然又陷入一片靜寂，連薰予望著眼前三座電梯，輕輕嘆了一口氣。

電梯事件發生不過月餘，大家都已經遺忘了失蹤的同事，以及曾發生的慘案，難怪有人說過，一起事件民眾的注意力不會超過七天，人們很快便會遺忘。

只是對她來說，有點難忘，因為她曾身陷其中。

公司大樓的電梯在許久之前曾發生意外，相安無事直到有人觸犯所謂的電梯禁忌，喚醒了潛伏的亡者，最終造成主管發瘋同事失蹤；在那個過程中，她也曾在那座電梯裡，因為犯忌被捲入了難以想像的事件中。

呼，正如姊說的，民俗傳說中各種禁忌或許虛構，或許其來有自，但只要有一個是有所本，那就絕對不能大意。

既是禁忌，真的還是別踩比較好啊。

而且……連薰予把桌上收拾乾淨，她第六感比一般人強，她可不想再來一次，那種隨時隨地都心驚膽戰的日子，太痛苦啦！

抓過自己手機，到電梯前按下往下鈕，下班後就是私人時間，她可以盡情的看自己的臉書，一點開臉書就是一張令人驚奇的照片——這不是劉慧喬嗎？醫院？病房？喔喔，躺在病床上的是……

她點擊照片想放大，卻在點的那瞬間——

『啊啊——』

『住手！』

『軋——』

紛亂複雜的畫面與刺耳的各種雜音瞬間湧入她的大腦，連薰予嚇得顫了身子，手機自手上滑下，重重的摔落在地……筐……啷……

她全身迅速發冷，冷汗滲出，僵硬如木偶般瞪著落在地上的手機，反胃與噁心感同時湧上，她向櫃台倒去，還得及時用左手撐住才不至於真的倒下。

嗶，幾乎同時，他們同樓另一間公司，右手邊的管制門開啟，拉開玻璃門的是一看就知道要去把妹的男子，他滿面春風地踏出自家管制大門，然後一秒僵住。

連薰予無法克制發冷的身子，由於剛剛的腳軟不支，導致她是斜靠在櫃台前方，恰巧面對著那雜誌社甬道的方向，緩緩抬頭看向左手才剛拉開門的男人，他也正打量著她。

僵硬的手，地上的手機……

「蘇……」連薰予才想開口，男子竟一秒退回公司。

NO！蘇皓靖立即比出食指，搖了搖，一句話都不想說，拜託不要吵他！

「蘇皓靖！」連薰予忍不住低吼。

少來！關上的管制玻璃門喀的一聲鎖上，蘇皓靖一邊退後一邊朝她揮手，拜託快走，他太了解剛剛那是什麼狀況了！

鐵定是看手機時滑到了什麼，直覺強烈的她感受到不尋常，所以才會被嚇得滑掉手機，這種經驗他又不是沒有，呿！只是他已經練就金剛不壞之身，不管什麼都影響不了他。

他就是個自掃門前雪，莫管他人瓦上霜的傢伙。

「蘇皓靖！」連薰予還在外面喊，雙手握拳，感覺血液洄流回身子，整個人索性靠在櫃台上休息，看著地上的手機卻沒勇氣撿起來。

她真的是個直覺強烈的人，狀況好的時候甚至可以感覺到危險……過去她的人生總是戰戰兢兢，不希望知道或見到太多，但也是這樣的直覺曾救了同事。

上一次有人觸犯電梯禁忌，那是她無法處理的狀況，可偏偏……居然讓她發現隔壁公司那個花心輕浮的傢伙，跟她是一國的！

她從未想過會遇到一樣第六感強烈的人，而且蘇皓靖比她強太多了！他不僅強大，而且處之泰然，似乎已經很習慣這種直覺，只是他泰然到令她無法接受，因為他完全不在意感應到的事物。

也就是說，即使他今天直覺同事會出事，他也不會警告，完全不在意的過自己的生活。

這是她做不到的，她採取的方式是逃避，盡可能不去感應，但蘇皓靖是隨時能感應強烈，卻毫不在意。

他比她更能掌握這種直覺感，他剛剛一定知道她感受到什麼了。

「去買個粥就好了吧！」自家公司裡面有人步出，「還……小薰，妳怎麼還在？」

連薰予無力地站直身子，轉身看向步出的短髮女孩，「正要走……」

「妳怎麼了？」羅詠捷注意到她的氣色，「妳臉色好難看喔！」

是嗎？連薰予下意識撫上自己的臉，這麼明顯？

跟在羅詠捷後面的是白淨的蔣逸文，他們一個是美編、一個是企劃二組，現在有個案子剛好一起工作。

羅詠捷急忙到她身邊探看，蔣逸文則注意到掉在地上的手機。

「這不是妳手機嗎？」蔣逸文彎身拾起，「怎麼摔到了！」

他拿起手機，輕拍了拍，遞還給連薰予。

但是她卻看著自己的手機遲疑了……萬一接過又是……她又看到那些怎麼辦？

「小薰？」深知她直覺強烈的羅詠捷倒抽一口氣，「妳有什麼預感嗎？」

「唉……」連薰予只有嘆氣，還是勉強接過了手機，不然怎麼辦？「我滑到一張照片，不太舒服。」

「來，我幫妳看！」羅詠捷人很好，她要連薰予先解鎖讓她來找。

羅詠捷，是她之前直覺夜店會有問題，勸阻她不要去赴約而救下的人之一，此後羅詠捷便與她要好，她不會用特殊眼光看待連薰予，只是……一直強烈要求她報一下樂透號碼，或是慫她去玩刮刮樂而已。

連薰予這些都盡量不碰，拿直覺來做這種事其實不太好。

「我自己來吧，可能只是一種錯覺，我什麼都還沒看清楚。」連薰予笑得勉強，說著連自己都不信的話。

「是看到什麼嗎？」歷經電梯事件後，蔣逸文對她的直覺可是百分之百折服。

電梯抵達，蔣逸文按著電梯先讓女士優先。

「我大學同學的照片啦，我什麼都沒看清楚，就……」餘音未落，關上的門又被人打開。

蘇皓靖微笑著步入，電梯裡原本還有些樓上的女孩，她們看見他，都興奮得眼冒愛心……是，蘇皓靖根本就像是個模特兒，超過一百八十公分，結實健美的身材，襯衫下都能看見那健美的胸肌，再加上英挺五官，他不去當模特兒真的可惜了。

在雜誌社當個業務，憑藉其三寸不爛之舌，行把妹之實。

「大家晚安。」蘇皓靖咧出一口白牙，連笑容都迷人，「辛苦了！」

「嗨……」後面的女孩心花怒放，蘇皓靖耶，近看更帥了！

唉，連薰予實在很想翻白眼，但她表面永遠維持一定的和諧，永遠的委婉，永遠的不與人輕易起衝突是她做人的準則，當然……盡量不與人接觸更是第一要務。

蘇皓靖一進電梯，就刻意與她拉開了距離，上次的事件後，他們發現到彼此強大的直覺在身體接觸後，會形成一種非常可怕的力量，簡直逼進預知的地步，這都是他們兩個不願見到的事。

「嗨！」帥哥人人愛，羅詠捷打招呼可熱情了，「要去約會啊！」

「怎麼會，我可是沒人要的單身狗呢！」蘇皓靖說得超委屈，也是順便丟訊息給其他女性同胞們，他單身儘管來！

「最好單身！」蔣逸文倒挺不屑的，「你不是才跟……」

「欸，朋友，只是朋友。」蘇皓靖飛快打斷，「你們不能每次看見我跟哪個女生走得近，就把她推給我吧。」

走得近？蔣逸文很不想吐槽，都吻到熱情如火，這距離也太近了吧？

「欸，小薰，妳剛說到哪裡？」羅詠捷一秒拉回正題，扯扯連薰予的衣服，「妳說看到大學同學貼照片然後怎樣？」

蔣逸文也好奇地湊近，多想看看是怎樣的照片啊！

連薰予深吸了一口氣，眼尾偷瞄正在跟後面女孩打招呼的蘇皓靖，不知道為什麼有他在，她更想講了。

「以前的大學同學都有加臉書，我看見他們好像在醫院的照片。」連薰予顫抖地滑手機，剛剛那張照片現在不知道哪邊去了……

「要加我 LINE 嗎？沒問題啊！」蘇皓靖的背景聲笑語連連，熟練地點出行動條碼讓女孩們掃。

滑到了那張照片，連薰予非常小心的不去觸及。

但即使不觸及，她望著那張照片皺起眉頭，光是這樣看著，就沒來由的不舒服。

羅詠捷直接拿過她的手機，點開照片端詳，在她眼裡就是張普通照片啊！一大群人在病房合照？

「有什麼嗎？」連蔣逸文都小小聲地問了。

連薰予幽幽地看向他，她只是第六感強，又不是陰陽眼，這什麼問題啊！

「我看不出來有什麼不對勁的地方耶！大家都笑得很開心啊！」羅詠捷手指在那邊放大縮小著照片，「這個打石膏的妳認識嗎？好像滿慘的。」

是林雲芸，也是大學同學。

他們是以陳淑倫為首的小團體，過去小組時也都在一起，所以關係很要好，每個人都極具特色，在班上也算相當顯眼的份子，對每個人都很和氣熱情，像她這種不太與人深交的類型都能記住他們……呵，該說他們都會記得班上還有她這個人，令她很意外。

畢業多年他們還是一掛嗎？真是難得，大學有時再好，出了社會各奔東西後，情感會漸漸淡掉，畢竟環境已然不同。

「都是我同學，看樣子可能是出車禍吧！」連薰予接過手機，凝重地望著該是歡笑的照片。

照片裡每個人都笑開了顏，還有人扮鬼臉，但是她卻可以感受到寒冷，彷彿聽見尖叫，一閃而過的影子像是誰從高處摔下，還有刺耳的警告音。

再加上這張照片的背景……陽光這麼的強，從窗子照入，她為什麼卻覺得亮的只有那扇窗？一扇透亮到幾乎看不見邊框的窗戶，還有灰暗到令人不安的病房，隔壁空著的床上卻是下凹的，彷彿有個人躺在上面。

略微飛動的簾子後方也像有人，連林雲芸裹著雪白石膏那隻腳看上去都是晦暗的。說不上來的不安，最後是這每張燦爛的臉上，都籠罩著一層若有似無的灰影。

「這醫院在附近耶！」蔣逸文看打卡地點，「幾站而已！」

「嗯……」她知道，這附近最大的醫院就那間。

其實應該去看看吧？她猶豫著，可以的話，想勸林雲芸離開那間病房，她覺得住在那間對她的傷口好處不大。

抵達一樓，電梯裡說笑的人們一同步出，羅詠捷跟蔣逸文還得奮鬥，所以他們只是外出買個晚餐而已，跟連薰予要去搭捷運恰是相反方向，所以在公司門口就道別了；蘇皓靖已經跟別樓女孩互加 LINE，他還有美妙的晚餐約會要赴約。

搭乘捷運，他們不得不一路。

蘇皓靖昂首闊步地走在距她兩公尺遠的前方，完全不想與她攀談或是接近，他是那種可以跟全世界調情，也不願意跟她多說半句的人，她非常明白，因為他們只要接近，增幅的直覺只會壞了好心情。

所以連薰予也刻意放慢腳步，不管上次的電梯事件中他們如何共患難，日常生活中還是點頭之交就好。

「可以看一眼嗎？」

「哇！」要下捷運站時，冷不防的聲音嚇得連薰予失聲尖叫！

她圓睜雙眼驚魂未定地看著站在一旁的蘇皓靖，他一臉妳幹麼的打量她。

「妳反應會不會太誇張？」

「你沒事站在這裡幹什麼？」她短時間連兩嚇，要收驚了啦！

「小姐，我就走在妳前面，我停下妳不知道嗎？」蘇皓靖蹙眉，「走路發呆嗎？」

連薰予不否認，她剛剛根本沒看路，往捷運站的路上都是習慣性的直覺走法，哪會注意到蘇皓靖什麼時候停下的。

「看什麼？」她抿著唇，依然刻意與他拉開距離。

「照片。」他伸出手，對她倒是沒有那種和氣笑容或是溫柔。

「你要看那個幹麼？」她遲疑著，「別說讓我擔心的事！」

「妳擔心都寫在臉上了，還需要我說嗎？」蘇皓靖手伸得更前，「我想看一下有沒有救。」

什麼？連薰予倒抽一口氣，揪緊包包直接往電扶梯走去，「不必了！」

如果真的沒救，她也不會袖手旁觀……不對！她忿忿地回頭看著站在她後面的蘇皓靖，什麼叫沒救！

「不要講得一副事情很糟的樣子好嗎？只不過是一張探病的照片！」她低聲說著。

「妳都嚇得摔掉手機啦。」蘇皓靖雙手插入褲袋，「不看也好，妳別告訴我等等妳要去探病。」

連薰予抿了抿唇，她就是要去。

也才三站，去探個病又沒什麼，而且同學也許久沒聯繫了不是嗎？

「妳不像是那種會維持友情的人吧？」蘇皓靖笑道，「那種敷衍溫柔、虛假面具，跟每個人都保持距離應該不是上班後才開始的吧！」

連薰予極為不耐煩的深吸了一口氣，回眸瞪著他，「關你什麼事？你應該很明白我為什麼這樣做吧？」

「不明白。」他回答得乾脆，「拉開這麼多距離，也不能阻止妳第六感的提醒，妳還是會為此所苦，要解決這件事得從妳的心境開始。」

連薰予疾步走下電扶梯，沒好氣地瞥向他，「我沒辦法跟你一樣，這樣子貼近人，卻可以視而不見？」

「習慣就好，直覺強又不是我要的，我也沒什麼責任義務。」蘇皓靖刷卡進站，「聽我一句，醫院少去。」

兩個人一同走到了月台，剛好要前往的地點是反方向，而兩邊的車都剛走，下班尖峰時刻月台上擠滿了人。

「我會留心的。」她挑了眉，「快去約會吧你！」

蘇皓靖勾起一抹冷笑，正常人都知道醫院這種地方少去，直覺強的人不知道去那邊做什——

列車即將進站，帶來了強勁的風，急促的警示音跟著響起，四周人聲鼎沸，蘇皓靖往斜前方約十公尺的地方看去，半空出現了炸開的紅。

緊閉上雙眼，風向改變，對向的列車也即將進站，而他面前的列車門已敞開，人龍擁擠著往前。

「蘇皓靖？」連薰予在他後面輕喚著，「你剛剛有聽見尖叫聲嗎？」

他回頭，輕笑，「沒有，掰！」

趕緊著擠上這班車，向連薰予揮手道別。

車門關閉時，連薰予依舊一臉困惑，只有她聽見尖叫聲嗎？

唉，看來晚上坐UBER回去好了，他從不喜歡干涉他人對自己命運的決斷，但拜託，可以在不影響他人的權益之下嗎？

## 第三章

站在人行道上，對向的小綠人倒數著，連薰予緊揪著包包抬頭，看著斜對角路口那高聳的醫院。

她當然知道沒事別到醫院，就算她不是陰陽眼，也能感應到極不舒服的氛圍，直覺告訴她不要進那個地方，而且加上剛剛搭捷運前聽見的詭異尖叫聲，這些都是不祥的徵兆。

唉，但是醫院嘛，不管哪間醫院總是如此，對她而言便是不該涉入。

半小時，她給自己定下時間，刻意不先吃飯就來看林雲芸便是如此，寒暄一下，半小時足矣。

LINE電話突然響起，讓全身緊繃的她又嚇了一跳……可惡，回去一定要叫她那個什麼都信的迷信姊幫她收驚，一天連三嚇太可怕了！拿出手機看向來電，不禁莞爾，居然是曹操。

「姊！」她從容接起。

『妳在哪裡？回來順便幫我買碗冰好不好，我要加的料是——』陸虹竹一接通便劈哩啪啦的交代。

「等等等等一下！妳幹麼這麼急？我還沒這麼快回家喔！」連薰予趕緊解釋，「我現在要去看我朋友，等等才回去……妳已經到家了？」

身為律師的姊姊，平常沒這麼早下班啊。

『看朋友？啊？』陸虹竹覺得莫名其妙，『妳有什麼朋友可以看啊？』

「喂，很傷人喔！」連薰予不悅地反駁，綠燈直行，「我看見大學同學住院了，所以我想去醫院探望。」

『探病？喔喔喔！妳有沒有做足準備！』陸虹竹果然立刻搬出條文，『附近有沒有榕樹，摘一片榕樹葉帶在身上……快點去不要敷衍我。』

「厚，姊！」連薰予都已經在醫院門口了，「我現在去哪裡找榕樹葉？」

『開視訊，快點！』陸虹竹的口吻逼近命令，連薰予直想翻白眼。

但她就是拿這個姊姊沒轍。

乖乖打開視訊，一邊尋找榕樹。

『聽好喔，探病有幾大禁忌，不可以大聲喧譁，不要靠牆走。有沒有在聽啊小薰！』陸虹竹嘰哩瓜啦的說了一堆，連薰予卻在留心榕樹。

「妳先不要吵……」連薰予站在路口，緩緩地轉著圈，注意力放在周圍的樹，不要

想太多，直覺挑一棵就對了

直覺，就是……不同的空氣流動藏在風裡，連薰予轉過身子，往後方的小巷走去，大約二十步左右，從某個牆內伸展出的小樹枝來到人行道上，連薰予折了兩片。

「就是它了。」她拿著榕樹葉晃動，「可以了吧？大律師。」

『好，放好喔，我剛講的有沒有聽？』陸虹竹嚴肅交代，『離開後，榕樹葉丟棄，回來我再幫妳淨化！』

「好！陸大律師，我要快點進去了，妳要的料再LINE給我。」她看了一下時間，「我大概一個小時後到家。」

『好！小心喔！』陸虹竹皺起眉，『我給妳的護身符都有戴著厚！』

唉，連薰予立刻從領子裡掏出護符，以資證明，律師凡事就是要看證據才會罷休。

很好，陸虹竹點點頭，終於放她一馬的掛上電話。

連薰予一走進醫院，身上每一個細胞都在逼她離開，她的直覺只有一個字：糟！

走進醫院後完全不知道該往哪邊走，每一條路都讓她覺得不該踏出去。

忽略那些感覺啊，連薰予告訴自己，先到電腦上查林雲芸的名字，得知病房後進入醫院內部……走哪條路好呢？五樓的話可以走樓梯，電梯她還有些陰影，尤其是醫院的電梯風險更高，所以她選擇步行。

『啊啊啊——』淒厲的哭聲在從樓上傳來。

腳步聲、奔跑聲，還有輪子的聲音，每層樓都像有賽跑賽事般急促。

樓梯間也有著哭聲與咆哮聲，行色匆匆的醫護人員上上下下，掠過她身邊……喝！

連薰予驀地抓住一個醫生，在完全潛意識的狀態下！

「咦？」醫生回頭看著她，她的手仍扣在他的左臂膀。

連薰予顫抖著鬆手，醫生皺眉職業病地探看她，「小姐，妳怎麼了嗎？」

準備要拿迷你手電筒查看她的雙眼時，連薰予主動擋下。

「不要急，慢慢來。」連薰予輕聲說著，「太累的話坐計程車回去，請你千萬別開車。」

「什麼？」醫生很錯愕。

「就這樣。」連薰予擠出微笑後，加速往樓上去，她無法解釋刺眼的燈光與慘叫聲，裂掉的擋風玻璃還有飛濺在擋風玻璃上的血是誰的。

總算快到五樓，這裡也不清靜，有人直接在樓梯間爭執。

「不然你說要怎麼辦？」

「你問我我問誰？這事是我一人能決定的嗎？」

看著男人們抱頭難受的離開，連薰予也只能選擇視而不見。

在長廊上一邊走一邊尋找林雲芸的病房，連薰予很難不被第六感影響，她總覺得後面有人，或是旁邊有輪椅的聲響，甚至有點滴架突然倒下，但這些都是她的幻覺，並不是真實。

不過這些跡象卻明顯得阻止她順利前進，壓力逼得她喘不過氣，踉蹌地往牆邊靠，緊握住扶欄。

好遠，林雲芸的病房怎麼這麼遠？她好想不在乎這些襲來的感受，蘇皓靖到底是怎麼做到的？

忍住一股作氣跑過去——連薰予倏地睜眼往前，卻差點撞上迎面而來的人！

「哇！」女孩嚇得差點拋飛手上用過的餐盤，驚恐地望著連薰予。

「對……對不起！」連薰予不知所措，她沒注意到有人！

女孩趕緊把掉落的豆漿盒拾起，一樣被嚇得不輕，搖搖手說沒事。

「妳好可怕，突然就衝過來。」女孩噓了口氣，「醫院走廊上不要奔跑，有人行動不便，萬一撞上就不好了。」

「抱歉。」連薰予相當愧疚，「我只是一時……」

「沒事啦，小心點就是了。」她微頷首，逕自往前去。

呼，她說得對，如果剛剛撞上的是行動不便的人不就糟了？醫院牆邊會設扶把，就是為了讓那些人練習或方便走路用的，是她不好。

走回走廊正中間，她加快腳步往前走，結果還沒到病房前，就聽見了有些熟悉的聲音。

微微一笑，輕叩了門。

「咦？誰會來？」劉慧喬好奇地轉過頭。

「不知道啊，媽應該會直接進來啊！」林雲芸也有點錯愕，「請進！」

連薰予推開門時，病房裡兩個女生都愣住了。

她也愣住了。

房間裡有三個女生，即使只有一秒的殘影，但她還是看見了一個女生半坐在病床上的姿態。

「……連薰予？是連薰予嗎？」劉慧喬驚愕不已地站起，「我的天哪！」

連病床上的林雲芸都瞠目結舌，這是畢業後就沒再見過的同學耶！連薰予在班上一直很低調，雖然是個清秀正妹，但是不太與人交際。

「嗨，好久不見。」連薰予擠出笑容，再往隔壁空著的病床瞥去時，那殘影已然消失。

是前一個？還是下一個呢？

「真的是連薰予？」林雲芸簡直不敢相信，「妳怎麼會……哇喔！太驚喜了吧！」

「我看見打卡，醫院又在我公司附近……林雲芸怎麼傷得這麼重？」連薰予走近瞧才發現，林雲芸不只是腳打石膏，身上也多處傷啊。

「就車禍，她被酒駕的撞到，整個人飛出去，活著就是大幸！」劉慧喬熟門熟路地搬過椅子，就在自己旁邊，「來，這邊坐！」

連薰予遞上水果籃，這是剛剛在公司附近的水果店買的，她買得不多，但記得林雲芸喜歡吃什麼。

「我沒買豪華水果籃，我記得妳不愛吃梨子蘋果類的。」連薰予將袋子放在桌上，「不介意包裝吧？」

「哇喔，怎麼會介意！葡萄耶，妳居然記得我愛吃什麼！」林雲芸真的太驚訝了。

「以前妳上課都會帶一包，應該大家都記得吧？」想起葡萄盛產時，她都懷疑林雲芸是不是一整天吃葡萄就飽了。

「哈哈哈，葡萄公主啊，周士興還問她要不要去代言咧！」劉慧喬也記得，偏偏學校附近水果店少賣葡萄，每次都要陪林雲芸到比較遠的傳統市場去買。

林雲芸略紅了臉，趕緊請連薰予坐，坐下的她忍不住瞄著對面床鋪。

「所以……現在是單人房嗎？」

「嗯啊，我住進來前剛空，隔壁也一直還沒人來。」林雲芸聳聳肩，「而且因為我行動不便，傷勢比較重，所以好像也盡量沒把新病患往這兒放。」

「嘿呀，她也是睡睡醒醒，我也在這附近，有空下班就來陪她。」劉慧喬悄聲說著，「也是讓伯母休息一下！」

「妳們感情真好，我看到照片時還嚇了一跳呢！大家居然相聚！」連薰予感動說著，但不會嚮往就是了。

「哎呀，有臉書嘛，聯繫方便！但我們也很少聚會了，大家現在都有各自的事要忙，不像學生時代那麼單純了。」林雲芸有些許感嘆，「但大家能來看我，我非常非常開心！」

「開心就好！」劉慧喬故意往她的石膏上輕敲，「我聽說周士興中午有來喔？」

「嗯啊，他說買到好吃的蘿蔔絲餅，順道拿過來給我。」林雲芸覺得相當窩心，她知道周士興的公司離這邊一點兒也不順路。

「騎二十分鐘，最好是順路！」劉慧喬也知道周士興只是來看一下同學而已，「淑倫等等會過來，看到連薰予說不定會心臟病發！」

「太誇張囉！」連薰予不安地回首，看著門上的小玻璃窗，還有人要來啊……「這麼晚不會打擾到林雲芸嗎？」

劉慧喬一怔，看了看牆上時鐘，「哪裡晚？現在才七點耶，連薰予！」

「嗯，」連薰予委婉地說，「醫院七點不算早了……」

喔喔，劉慧喬眨眨眼，立刻玩笑性地推了連薰予一把，「妳搞什麼，跟周士興及阿瑋一樣，說一些五四三！」

呵呵，她也真希望是五四三！

「欸，別嚇我喔！」林雲芸噘起嘴，「我可是住在這裡的人！」

「有些事情總是小心點好。」連薰予巧妙地提醒著，「妳住院的人就乖乖養傷，探病的人呢……」

「探病有什麼？」劉慧喬開始有點緊張，「喂，連薰予，妳什麼時候開始信這個！」

「噢，我一直都信，我尊重著呢！」她握握劉慧喬的手，「都是小事啦，不要太介意！」

「我媽其實也一直在說，星期天我們太吵了，說不定會冒犯到別人。」林雲芸這才喃喃地說，「太吵的話，會吸引魔神仔的注意。」

「厚，妳們別鬧！」劉慧喬下意識壓低音量，「不吵不吵，我們很低調。」

「那天很吵嗎？」連薰予倒是不太放心，這點姊跟她說過，醫院裡非常多好兄弟姊妹們，本該寧靜的地方出現嘈雜，的確會使人非常不爽。

「唉，吵到護理師都快把我們趕出去了。」林雲芸無可奈何，「妳又不是不知道小貝，嗓門大到可以跨四五個班，連清潔阿姨都不爽，結果小貝被嗆之後，情況就更糟了。」

小貝啊……連薰予對她當然有印象，「還是那脾氣？」

「就不許別人說她，越說越故意。」劉慧喬咕噥著，「我們離開後她又差點跟別人吵架，附近病房都不高興。」

「哎呀，弄得大家都不合……雲芸難做人了吧！」連薰予憂心地望向病患。

「我沒事，我又不能動，我媽比較慘！」林雲芸也沒辦法，「所以我發 LINE 給大家，下次來真的要降低音量。」

「小貝就交給淑倫安撫啊，我們也沒辦法！」劉慧喬拿出手機，「我們來合照一下好了！難得連薰予出現……」

連薰予連忙站起，慌張地搖頭，同時壓下劉慧喬的手，「我覺得不要比較好——」那神態自然令人起疑，劉慧喬跟林雲芸都錯愕地望著她。

「為……什麼？」林雲芸委婉地問。

「病房裡，盡可能不要拍照。」連薰予淡淡地說著。

沒有多餘的話，就讓劉慧喬默默地把手機收起，林雲芸也不敢再問下去，多年不見，從不知道連薰予變得這麼……怪裡怪氣？

病房氣氛一度沉默，直到有人唰啦的推門而入——「哈囉！猜猜我買到什……」

陳淑倫一推開門，立刻因為第三個人而愣住了。

「嘿嘿。」劉慧喬賊笑著，「我就說她會心臟病發。」

陳淑倫不可思議地打量著連薰予全身上下，「不會是連薰予吧？」

「哎唷，居然認得出來！不錯嘛妳！」劉慧喬調侃著。

連薰予打招呼後，就是一連串的不可思議與驚呼，她還趕緊叫大家放輕音量，別等等又被護理師罵了！

陳淑倫開心地又要拍照，這次沒等連薰予說，劉慧喬與林雲芸聯手阻止她，使了怪異的眼色，讓陳淑倫也覺得不太安心的放棄；接著連薰予便去清洗葡萄，好讓林雲芸享用。

超過半小時了，陳淑倫她們這票異常熱情，她反而有點難以招架，一直維持笑容也是很累的事，而且她很在意隔壁那張病床，她想試著看能不能再多感覺到什麼。

也或許是她多慮，她可能只是感應到下一個住客而已，剛沒看仔細，那女孩受了什麼傷？

「我該回去了，我姊還在等我的晚餐呢。」連薰予起身，外面的嘈雜讓她無法靜下心。

「那一起走好了！」陳淑倫也站起，「有空再來陪妳啊！」

「謝啦，大家慢走！」林雲芸無法送客，只能在病床上揮手。

此時，恰巧林雲芸的媽媽回來了，門一開對連薰予有些陌生，簡單地頷首打招呼，連薰予不想再多做停留了。

「謝謝妳們捏！」林雲芸媽媽道著謝，一邊送她們出去。

「不會啦，我們有時間會再來陪她，讓媽媽去休息一下！」劉慧喬拍拍林媽媽，感情很好似的。

連薰予微微一笑，探頭進病房跟林雲芸揮手道別——頭一探入，看見的卻是一床的血，還有頭下腳上卡在病床上的林雲芸！

喝！她嚇得腿軟，扳著門緣的手及時扣住，這一震顫讓陳淑倫嚇到，趕緊攙住她，「沒事吧妳！」

連薰予緩緩向左看著她，「沒事，我腳沒踩好……」

她虛弱地說著，同時緩緩往裡頭再瞟去，林雲芸好端端的正跟她們揮手道別，毫無異狀。

剛剛她看見的是……未來嗎？

「連薰予怎麼了，臉色突然變得有夠蒼白。」劉慧喬也過來，主動扶起她。

連薰予只是搖頭，她什麼都不好說，不該……「那個，如果有更寬敞的病房……可以考慮換一下。」

林媽媽一臉錯愕，「呃……」

「如果有的話啦，這間有點窄，林雲芸行動又不方便。」連薰予婉轉地說，「如果能換到大一點的個人房就更好了。」

「喔，有啦，我有在注意。」林媽媽客套地說，事實上個人病房負擔比較大，她還會猶豫咧。

三個女生吱吱喳喳地往電梯那兒步去，連薰予渾身發冷，腦子裡不停的閃跳畫面，走廊上的燈光讓她不適，逃生門上綠色的燈叫她反胃，隨便一個聲響都令她神經緊繃，就連遠處推來的病床輪子聲，都會逼出她的雞皮疙瘩。

她必須快點離開，她不想再感受到什麼了！

叮！電梯聲響，連薰予還顫了一下身子，冷汗直冒，劉慧喬回過身子，二話不說抓過她的手。

「電梯來了！快點快點！」她抓著連薰予就往電梯衝，完全不顧連薰予的阻止。

電梯裡已經有一位患者了，病床佔位小，所以其他人就靠著邊站，事實上也就她們三個，其餘都是醫護人員；連薰予不敢直視病患，她站在最靠門處，中間是劉慧喬，角落則是最先進去的陳淑倫。

電梯下降得好慢……連薰予闔著雙眼，只覺得天旋地轉，反胃的噁心不停湧上，在這個電梯裡，她想起之前被困住的事情，聽著鋼索聲都會打寒顫，甚至……

啪！

冷不防的，有人握住了她的左手！

連薰予僵硬著身子，不敢相信地低首往左手邊的病床看去，曾幾何時，病床上那位患者臉上竟覆蓋了白布，左手自被下伸出，緊緊地握著她。

放手！她在心裡喊著，她不該搭這部電梯的，電梯聲響時，第六感明明就告訴她不該踏入的！

握著她的手極為冰冷，她皺著眉不忍看，手腕上有個白色手圈，上頭都是病患資料，覆上白布根本不必解釋，她也知道是什麼……她……

『救……救……快點救救……』

叮！又一聲響，連薰予再度顫跳，然後聽見門開的聲音。

「來，借過喔！」護理師說著，將病床往外推去。

連薰予左手腕的力道已不復存在，但殘留在她手腕上的痕跡依然明顯，她看著二樓，病床被推了出去，依然是個活著的、正常的病人……不久於人世了嗎？

我走樓梯好了。才要這麼說，後頭的陳淑倫就不知道在急什麼的按了快速關門鈕。

只剩一樓，只剩一樓沒關係的！

電梯抵達一樓時，連薰予簡直是踉蹌逃出，她渾身發冷直想吐，後面步出的同學絲毫沒有感覺。

顫抖著伸出左手，上面那泛紅的五指印顯而易見。

「欸，剛剛連薰予說探病也有禁忌耶！」劉慧喬低聲說著，「喧譁可是會引起那、個注意的。」

「啊？」陳淑倫皺了眉，「真要這樣，那小貝不是首當其衝嗎？哈哈哈！」

# 第四章

「凍冽——」

連薰予才脫了一隻鞋子，卡在玄關，就見陸虹竹滑步衝出，手上還拿著不知道哪邊生出來的柳葉枝，直指著她。

「不許動！不許踏進來！」陸虹竹厲聲喊著，煞有其事地走過來。

「……姊。」連薰予很無力，「妳現在是要燒一盆炭讓我過火嗎？」

「沒時間了！」陸虹竹皺著眉，煞有其事地拿著楊柳枝亂甩，甩得連薰予一臉全是水，「妳剛從醫院回來對不對！」

「不要明知故問，喏，妳的冰。」連薰予拎起冰，她好累，現在只想坐下。

「不可以動！我得做個法！」陸虹竹還真的拿柳枝在她身上比劃，「榕樹葉呢？」

「早就丟了！啊，都是水！」連薰予閉起眼，眼睛被水滴得難受。

「好，旁邊那盆水洗一洗，漱個口才能進來。」

旁邊？連薰予朝玄關角落看去，真的有一個臉盆裝著水，裡頭放了艾草，她用一種求救的神情看向陸虹竹；挽起頭髮的女律師只是銳利地拿著楊柳枝當箭，「去！」

唉，說起她這個律師姊姊，連薰予只有三聲無奈。

在法庭上一夫當關、萬夫莫敵，攻勢凌利銳不可當，在事務所裡高冷倨傲，令後輩畏懼傾慕、前輩讚賞，但是……骨子裡卻是一個不折不扣的迷信鬼！

什麼都信，你能想到的教她都能夠概括承受，這邊信一點那邊信一點，她們家冰箱裡符水一大堆，符紙也是，還有什麼桃木劍什麼香……更有一間專門供奉各路神明的房間，那邊簡直是聯合國，世界和平喔。

連薰予拿水點了臉再漱口，便拖著疲憊的身子跨過玄關，其間陸虹竹繼續拿那根楊柳枝打她。

「好了！夠了沒啦！」連薰予一把抓住柳枝，「妳去哪邊找楊柳枝？」

「河濱公園折的！」陸虹竹說得輕巧。

「妳直接拔——」

「依據公園管理條例，攀折花木、損壞草坪或公園之設施者，處以一千五百元以上四千五百元以下罰鍰，被抓到我付沒關係。」陸虹竹毫不在乎，「為我寶貝妹妹去邪比較重要啊！」

連薰予累得把自己摔進沙發，癱在上頭看陸虹竹亂揮亂學道士走路，她真的看什麼學什麼的亂七八糟，她只能搖頭。

「我是去探病，有必要這麼誇張嗎？」

「有！醫院那什麼所在？陰吶！」陸虹竹好不容易「做法」完畢，這才拎過桌上的冰，「妳等等，我準備了妳的飲料。」

「不要再讓我喝符水了啦！」她哀嚎著。

「不喝怎麼行！放心，喝不出來的！」陸虹竹繞到餐桌那邊準備，從大同電鍋裡搬出熱騰騰的湯品，「我放進補品裡了，萬無一失！過來吃！」

唉，連薰予有氣無力，其實她真的覺得虛脫，全身力氣都被抽乾，掙扎著起身，拖著步伐走到小餐桌邊。

「我剛吃飽。」她囁嚅著，看著桌上一碗黑色的中藥。

「所以我只用小碗的，喝吧，幫妳燉的補品。」陸虹竹還拉開椅子，壓著她坐下。

她其實只吃了七分飽，因為她太了解姊姊了，從醫院回去一定要灌她喝符水，或是吃什麼豬腳麵線，反正姊什麼步都有，她已經養成了以不變應萬變的習慣。

拿起湯匙，喝一口是十全大補，別的不說，姊是待她極好的，知道她身體不好，再忙也會燉補給她吃……這也是姊唯一能做的，身為律師，實在是太忙了。

「今天怎麼這麼早？不是有大案子？」不知道是不是喝下熱湯的緣故，連薰予感覺舒服多了。

「哪有什麼大案子?就是個青少年械鬥案。」陸虹竹顯得很不屑,「殺了人還想脫罪……不過妳也知道,青少年有青少年法當防護罩,沒兩年出來又是一條更大尾的好漢了。」

「這事沒辦法,作主的畢竟不是妳。」連薰予只能勸慰陸虹竹。

「我不管這麼多,反正該怎麼辯護就怎麼辯,我只要做好我工作就好了。」陸虹竹根本不在意那些,「說說妳同學吧,妳莫名其妙去探誰的病啊?我怎麼不記得妳有同學?」

「喂!」連薰予沒好氣的嘖了聲,「我有同學好嗎?就是……剛好看見他們打卡,以前小貝妳記得嗎?班上嗓門很大那個。」

「好像吧?」陸虹竹基本上不在乎,「她住院喔?」

「不是,是她們那票的林雲芸車禍,我看見他們合照才發現,畢業這麼久了他們居然還在一起,一整票都去了呢!」連薰予避重就輕,「醫院剛好在附近,我想就順路去看一下。」

「是喔,好順喔!」陸虹竹突然正色,「醫院那種地方少去啊,跟妳說過多少次了!」

「姊,照妳的想法,我連班都不必去上了!馬路口有許多亡靈等著抓交替,河邊也有水鬼要脫身、死角不能去、穿堂不能走——」連薰予都會背了，「我只是去探病，也帶了葉子，剛在玄關妳又讓我洗淨一次，再說這碗一定又燒了什麼符吧！」

「天女宮的符水，保證靈驗！」陸虹竹一副自豪的模樣。

又多一間宮廟？

「堂堂大律師迷信成這樣真可怕……」連薰予搖了搖頭，「幸好妳沒有連今天要從哪條路上班都要擲筊厚？」

「我不必啊！」陸虹竹勾起笑容，「我有這麼厲害的妹妹，會告訴我能不能上班？」

「喂！」連薰予抱怨著，「妳知道我不喜歡這種『厲害……』」

才說著，連薰予潛意識看向自己的左手，那被緊抓住的殘痕居然還在。

「那什麼？」陸虹竹粗魯地抓過她的手，「咦耶，怎麼有瘀痕，誰抓妳啊！」

「沒……沒有啦，在公司時羅詠捷鬧著玩的！」連薰予沒敢對姊姊說實話，一來不想讓她擔心……

二來是不想讓自己被煩死。

「喔……我有藥膏，等等擦一下吧，超有效的那種。」陸虹竹挑著眉，又不知道哪間宮廟賣的，「妳去看過就算數了，不要再去了啊！」

「嗯嗯……」連薰予回得有點敷衍，她現在滿心驚惶，那間醫院、她的同學們，全都透著讓她發毛的感覺啊。「好啦，我要去洗澡了。」

「連、薰、予──」陸虹竹哪這麼容易放過她，「妳是不是還會去看同學啊？」

唉，拎過包包想逃的連薰予哎呀了聲，為什麼總是這麼容易被識破？要怎麼樣才能像蘇皓靖一樣，說假話說得面不改色啊！

「我今天見到了劉慧喬跟陳淑倫她們，說好下次要再見面的啊！」

「那約在外面啊！不要約在醫院，醫院是生死關，那裡面多少亡魂啊，成山成打的都不知道自己死了，剩下的是不甘心自己死了，還有的是死了不想走的！」陸虹竹說得煞有其事，「禁忌太多太容易踩到，沒事就是不要去……而且妳去醫院，舒服嗎？」

「不在意就好了。」她直覺強大的事，姊姊自然知道。

「幹麼沒事找事啊？」陸虹竹倏地逼近，「妳該不會在醫院拍照了吧？」

「沒有。」

「在醫院喧譁？」

「沒有！厚，姊，妳那套我不想聽也都逼到會背了好嗎？」連薰予立即扳起手指，「不能喧譁、運勢低的時候不要進入醫院、要帶榕樹葉、不可以靠牆走、沒事不要坐電梯……這有時會有困難，萬一樓層高的話怎麼辦？」

「是坐電梯時要注意，如果電梯明明沒什麼人，卻出現超重的聲響時──」陸虹竹露出一副嚴重之態，「那就真的是滿載。」

「電梯的事我已經受夠了！」連薰予嘆氣，「反正該留意的禁忌我都留意了，只是……」

只是，那間醫院、林雲芸的病房都讓她覺得不是發生過什麼，就是未來會有什麼。

「喂，不許再去啊！」陸虹竹出聲警告著，「還有，也記得跟妳同學們提醒吧。」

「提醒什麼？」連薰予好奇地問，「難道要我特地去提這種禁忌，這叫嚇人啊姊。」

「這叫防患未然，不是說了，醫院裡大聲喧譁，擺明就是在吵阿飄嗎？他們會往聲音的方向過來。」陸虹竹說得煞有其事，「別以為阿飄才可怕，有時人的想法強大，生靈也會造成傷害！」

「連生靈都出來了……」連薰予不禁搖頭。

「人生很難的！想死的死不了，想活的不能活。」陸虹竹突然頭頭是道，「已經死了以為生，以為活著的早已死！」

「哇……」連薰予挑了挑眉，不知道是哪個宮廟傳授的。

「啊對！像妳剛剛說的那個小貝！」

連薰予一愣，「小貝她怎樣？」

「班上嗓門最大的那個不是嗎？」陸虹竹聳了聳肩，「她在醫院裡懂得輕聲細語嗎？」

如果沒有，那種穿牆嗓門，還不夠引起注意嗎？

連薰予瞪圓雙眼，小貝素來我行我素，悄悄話講得全世界都聽得見，她哪懂什麼叫降低音量啊！

喧譁將引眾鬼注意，小貝根本第一個踩雷啊！

※　※　※

小貝厭煩地看著眼前的紅綠燈，完全沒有數字，這就代表超過了九十九秒，是個漫長的路口。

一分半其實很短，但當在尖峰時間的馬路上時，就會覺得極度漫長；小貝拿起放在前置物箱的手機，一邊滑一邊留意倒數的數字。

『猜今天誰去看林雲芸！』劉慧喬在群組發出了訊息。

「啊？」偷瞄著燈號，還有時間，小貝趁機打了幾個字：熟人嗎？

『不是，科科，午夜前公佈答案！』劉慧喬賣著關子。

「厚……誰去看林雲芸？這麼煞有其事！」小貝認真的猜著，LINE 也響個不停，士與他們全都在問，群組一下子變得超熱鬧。

眼看著快轉燈號，小貝趕緊把手機放回置物箱，等待著綠燈的到來。

誰啊誰啊，這麼神秘？

倒數十秒，右手邊突然有台車逼近，還打遠光燈，小貝皺眉不悅地從後照鏡瞄著，一台紅色機車，根本硬塞過來的吧，前輪都要貼著她後輪了，這麼近要幹麼？

厭惡的回頭瞥了一眼，這種等等發車時難保不會擦到，是怎樣啦！

看著隔壁綠燈轉黃燈，這邊所有汽機車無不蓄勢待發，燈號一轉，機車全部衝了出去。

小貝很難不留意那台超逼近的紅色機車，車主也是個女生，短裙長腿，出發後依然像有針對性的一直騎在她旁邊，車身貼得很近，施予完全壓力；小貝加速，她就跟著加速，小貝減速退讓想讓她先走，她也跟著減速硬跟在旁邊。

「喂！妳遠一點啦！」小貝掀開安全帽罩子，扯開嗓門就喊，她音量大，車陣隆隆中依舊聽得清楚，附近的機車騎士都轉過來。

「什麼啊？」尤其是女騎士右手邊的人，也紛紛掀起罩子。

「騎這麼近要死喔，車子這麼多逼什麼？」小貝瞪著女騎士的紅色安全帽，「妳是想找麻煩嗎？還是要製造假車禍？」

「妳有病啊！」有個被載的女生遠遠地喊著，「我們距離這麼遠，是誰在逼妳車！」

小貝越過女騎士看過去，「是在說妳了嗎？奇怪耶！」

「小姐，妳對著我們喊，不然是在說誰？」

「靠妖，我在說她好嗎？」小貝直指短褲女騎士，「從剛剛就拚命逼我車，還貼在我身子邊，妳是想怎樣？說話啊！」

「肖查某，綠燈了啦！」後面有人在喊。

「誰是肖查某啊！」小貝不爽的回頭嗆，今天是怎樣？全世界的人都在跟她作對嗎？

扭頭正視前方，綠燈起步往前飆，剛剛雙載的情侶檔放慢速度跟在她後面。

「那個女的剛剛在指什麼啊？」男友不解地問。

「什麼都沒有啊，她車子旁邊不就我們嗎？還隔了一台車身寬？」女友抱著男友，「好毛喔！她剛剛視線沒對著我們在說話耶！」

「不要亂想啦，我看是吸毒吸到腦子壞了！」男友說著，「我們離她的車遠一點就對了。」

短褲女騎士依然不客氣地逼近，小貝不管怎麼閃，她就是硬要纏上。

「妳很吵。」

終於，短褲女生開口了。

小貝詫異地瞥了她一眼，才發現她的聲音怎麼這麼清楚，大家都在騎車，但是她的聲音卻彷彿在她耳邊似的。

「吵到讓人厭煩！妳以為妳是什麼東西！」女生的聲音有點細尖。

又一個紅燈，小貝停下，不悅地瞪著她。

「我吵什麼了？妳先逼我車的好嗎？」小貝迎視著那個女生，她雙手緊握在龍頭上。

「誰叫妳要坐我的床。」女孩冷冷地說。

又是這樣，她連面罩都沒掀起，就能清楚的聽見她的聲音，小貝緊皺著眉瞪著她，到底在說什麼啊？

坐她的床？那女的腦子有病嗎？搞半天遇到神經病！

小貝決定改變路線，她要走旁邊的巷子，不在馬路上跟這種神經病折騰！再幾個路口就到家了，萬一被跟到家豈不更麻煩？

這麼想著，小貝從後照鏡偷偷瞄著女騎士，想抓個時機右轉……嗯？人不見了？

小貝發現女孩不再跟車，有幾分喜出望外，只是再往右一看，那紅色的安全帽依然刺眼的映入眼簾。

「怎麼……」小貝在鏡子與身子後來回看著，明明就在身邊的女騎士卻……

她想起剛剛那對嗆聲的情侶檔，他們以為她在跟他們說話，是因為他們……中間沒有這個女生嗎？

小貝腦袋一片空白，背脊瞬間發涼，她看著突然領先她半個車身的女孩，全罩式的KITTY安全帽裡，緩緩流出鮮血，一條接著一條，細血涓涓，沒多久就流滿全身。

然後是那短褲下的修長左腿，硬生生的開始迸裂，僅一秒的時間忽然斷開，向後噴飛還差點撞上小貝！

「哇！」她嚇得向左拐閃開，剛剛飛過去的是腳嗎！

一隻削去皮膚的手驀地抓住她的龍頭，機車失去重心，小貝趕緊穩住，打掉那橫過來的手。

叭叭！小貝背後的汽機車被她這種騎法嚇到了，喇叭聲此起彼落。

「小姐！妳怎麼了？」一台汽車從她左側上來，「妳這樣騎車很危險耶！」

小貝看向汽車，她不知道該怎麼說，他們看不見右手邊那個渾身是血的女騎士嗎？那個女的拉著她的龍頭啊！

「靠邊停！還騎在中間是怎樣！」駕駛喊著，一邊想要逼小貝往路旁停車。

「我沒辦法啊！」她回以大吼，「幫我報警！幫我報警！」

「啊？」汽車駕駛根本搞不清楚，結果小貝的機車驀地朝他這邊撞來。

這讓汽車駕駛嚇得加速往前，沒有人想被瘋子的車撞到啊！

女孩使勁推動小貝的機車，將她往汽車推，這瞬間的鬆手，讓小貝抓緊機會加速往前衝，意圖甩開女騎士。

「不可能不可能，阿彌陀佛阿彌陀佛！」她嚇得腦袋一片空白，那真的不是人啊，為什麼要針對她！

停車嗎？如果停在路邊的話……不不不，她現在不能停！小貝倉皇回首，看著噴血的女孩急駛逼近，如果她停下來，更加逃不過！

「救命啊！」她逕自大吼，「我到底哪裡犯到妳了？我先道歉，我——」

說時遲那時快，一股拉力驀地抓住她的右手外套，小貝驚恐地看去。

「放開！」她大吼著，一抬頭，對上的就是那全身染血的女孩。「妳是誰！是我的幻覺嗎？」

『妳不該坐我的床。』鮮血不停的從安全帽下方流出，『我要妳的腳，把妳的腳送給我！』

「哇——」小貝嚇得尖叫，她遇到了什麼？

現在又不是半夜，為什麼她會在馬路上撞鬼？為什麼要纏著她？

機車蛇行繞著，身子被明顯的力量拖拉，她根本無法說服自己一切都是幻覺，因為眼尾一瞟，就可以看見那沒有左腿的腳啊！

「對不起對不起！」小貝騎得再快，對方都跟她並行，「妳要什麼我都幫妳，超渡、燒香……」

『我要妳的腿—妳先坐我的床，我有資格先要妳腿！』女孩狂喜的尖笑，『這種事，本來就是先搶先贏！』

她坐她的床，她什麼時候會坐別人的床了——咦？

『隔壁病床又沒人，坐一下不會怎樣啦！』

咦？小貝瞪圓雙眼，難不成是——

叭——沉重的喇叭聲傳來，小貝一轉頭只看到刺眼的燈與巨大的影子，拉著她的女孩驀地鬆手，將她往左邊推了過去。

小貝控制不住自己的車子，直接被推向了轉彎車道。

軋——砰！

脆弱的機車幾乎解體四散，所有的零件與物品散落一地，急煞的砂石車驚恐不已，轉彎已減速，但萬萬沒想到竟有機車直接從死角往輪子裡衝。

小貝躺在車底下，她最後看見的，是不遠處躺在地上的，自己的左腿。

※　※　※

『是誰啦！』

『還有誰要猜？小貝呢？小貝怎麼都沒猜？』

『她下班騎車吧！』

『嘻，是大學班上的同學喔，提示：很安靜，但是很清秀的氣質正妹！』

『咦咦！該不會是連薰予吧！』

LINE的聲音響個不停，連薰予剛洗好澡回到房間，想也知道應該是她剛加的群組；離開醫院前劉慧喬加她LINE，只是她LINE的名字跟頭像都不是本人，難以清楚辨認，結果這番討論，一晚上就這麼精彩了。

拿起手機，才滑開螢幕，跳出的卻是急速且接連不斷的——

『吵死了！』

『妳太吵了！』

『誰叫妳要坐我的床！』

『我要妳的一條腿——』

『救命——』

連薰予掐著手機愣在原地，趕緊盯著跳出的短訊息點開，出現的是小貝的視窗……她尚未加小貝好友，跳出的視窗上面還有著加入的選項，但是點開來，卻只有一片空白。

再飛快跳到主畫面，找到最新對話，只有群組裡劉慧喬要大家猜今天遇到她的事，沒有她剛剛看見的任何訊息。

小貝……訊息是小貝發出的，她在群組裡調出群組名單，再點選了小貝的名字，得到的卻是詢問是否要加為好友。

『小貝呢？誰有小貝電話？』連薰予立刻送出訊息，『請快點打給她！我想知道她現在在哪裡！』

『喔喔，天哪，真的是連薰予嗎？』

『小薰妳好！』

『打給小貝！誰快打給她，不然給我電話也好！』

『怎麼了？這麼急。』

『我打。』陳淑倫終於回應。

連薰予捏著手機等待，LINE裡傳的訊息她已經沒辦法看了，她渾身發冷，有非常非常不好的預感，剛剛那些訊息，彷彿是小貝在求救，或是……

軋——

喝！刺耳的煞車聲傳來，嚇得連薰予滑掉了手機，她驚恐的回頭看著自己房門口。

「車禍……小貝出事了嗎？」她喃喃唸著，趕緊撿起掉在櫃子上的手機，因為LINE又進來了。

『關機！進語音！』

『小薰急事喔？』

我覺得她出事了。

連薰予拇指停在手機上，遲遲打不出這幾個字，身為特殊的人，是不見容於這個社會的。

『小貝看到請回覆，拜託！』

連薰予最後只打了這幾個字，然後戰戰兢兢的點開臉書。

相信自己的直覺，只要她點開小貝的臉書，第六感自然就會告訴她答案……祥與不祥。

輸入小貝的名字，連薰予看著那張照片，發抖的手指即將觸及……

「小薰！」陸虹竹的聲音驀地在門口傳來，「吃水果……妳在幹麼？」

連薰予錯愕的回頭，陸虹竹瞇起眼走進，二話不說從她手裡抽走手機。

「姊！」

「看妳這樣子就知道沒好事，手機我沒收一晚！」陸虹竹直接拔掉充電線，「我會幫妳把電充滿的。」

「不是，姊！妳拿我手機幹麼！」連薰予試圖要搶回，但怎麼跳就是無法奪回。

「妳心知肚明啦，一定要感覺到什麼然後不怕死的就硬要去知道，等等就失眠或作惡夢，妳少給我來這套！」陸虹竹猜中率簡直百分百，「把水果吃了，今晚都不許用手機，我保證明天會好好的還妳。」

「姊——」連薰予趕緊繞到房門口阻止她離開，「拜託！手機很重要！」

「再重要也是明天的事。」

「我這樣反而睡不著的！」連薰予雙手合十，「拜託，我保證不多管閒事。」

「妳已經開始多管閒事了，上訴駁回！」陸虹竹強硬得不容妥協，直接走出房門，連薰予也不敢真的阻擋。

她懊惱地站在房門口，這樣子她今晚是要怎麼睡啦！

「小薰。」要下樓的陸虹竹回首，「人各有命，妳該知道的。」

她知道。

從小姊就這樣告訴她，許多事是選擇、是命，她感覺到的東西其實不該說也不需要說，尤其如果是某些注定發生的事。

小貝……連薰予頹然的坐回自己梳妝台前，已經是既定的命運了。

## 第五章

陸虹竹一早開庭，天還沒亮就出門了，手機安穩地擺在餐桌上，一如她所承諾的，充飽電還她。

結果是連薰予自己沒有勇氣拿，她一直到吃完早餐都不敢開機，只把手機放在包包裡而已；懷著不安的心，她昨晚的確夜難成眠，連新聞都不敢看，這是再明顯不過的逃避。

一路上經過所有的電視螢幕，她都下意識加快腳步離開，不看不聽不聞，這樣就能逃掉所有的事……她一直是這麼做的，因為強烈的直覺只會讓她帶來恐懼以及無能為力。

快步前往公司，她不知道自己可以躲到什麼時候，一旦到公司坐下開機之後……難道要一直不開 FB 嗎？LINE 也——

「連薰予！」

熟悉且不該出現在這兒的叫聲傳來，連薰予吃驚地煞住步伐，不可思議的看著站在她公司樓下的劉慧喬與……周士興？

「你們……」她一時無法反應，「你們為什麼在這裡？」

劉慧喬碎步奔向她，一雙眼睛哭得都腫了，「連薰予，究竟發生了什麼事？」

看見劉慧喬即將握住她的手，連薰予下意識的抽手閃避，她真的恐懼，深怕接觸到劉慧喬的瞬間還會再感受到什麼！

咦？劉慧喬不是傻子，瞬間的撲空讓她錯愕地望著眼前的同學。

「嗨。」周士興禮貌地打招呼，「我是周士興，不知道妳還記不記得……」

「我當然記得……」現在不是認親的時候，連薰予又退後一步，刻意拉開與劉慧喬的距離，「為什麼你們會知道這……啊，我昨天說的嗎？」

「小薰，妳沒看 LINE，也沒開機，為什麼？」劉慧喬泣不成聲，「妳是不是早知道小貝出事了！」

啊，果然。連薰予痛苦地皺眉，幽幽別過頭。

「昨天妳一直要我們找小貝，大家都打了，根本不通，再晚一點就看到新聞，有人貼出了行車紀錄器，那台碎掉的機車是小貝的……」周士興嘆了口氣，「為什麼妳當時會這麼急著找小貝？」

「我只是……」

「妳知道她出事了對不對？所以才拜託小貝回應！可是她……已經無法回應了！」

劉慧喬咬著唇又哭了起來。

周士興只有嘆氣，上前猶豫幾秒才把手搭上劉慧喬的肩，輕拍安撫。

「我們想知道妳為什麼會知道？」周士興凝重地說著，「小貝出事的地點很遠，很多人都認為她吸毒或是喝酒，車子歪歪斜斜不說，還對著空氣罵人及自言自語。」

連薰予瞪大眼睛，小貝遇上了嗎？

「我們看了就覺得很怪，小貝不可能吸毒，但她也真的在跟空氣說話，還很凶，有個騎士放上行車紀錄器，說他們原本以為小貝在嗆他們。」周士興眉頭深鎖，「狀況太詭異，因為小貝眼神是對焦的，真的看著她身側！」

在醫院的嗎？昨晚姊姊才隨口提到，如果大聲喧譁是禁忌，那小貝根本第一個踩雷啊！

「我……不清楚……」連薰予掙扎著，「其他人呢？都還好嗎？」

「大家都很震驚也很傷心，在協助小貝爸媽處理事情——」劉慧喬驀地向前，「阿瑋說我們那天去醫院後，有東西跟他回去，他覺得小貝一定是被纏上了，而且——妳知道！」

「我不知道。」連薰予心虛地說著，就要往公司大樓裡去，「我得去上班了。」

「連薰予！」劉慧喬焦急上前就要抓住連薰予。「妳等等！」

就算想幫忙，但連薰予直覺就是逃！她沒來由的覺得可怕，扯入這件事會讓她覺得手腳發寒！

但早察覺不對的劉慧喬哪這麼容易讓她走，急忙衝上去就拉住她的包包，進而拉住她的——

一隻手驀地從中亙出，擋開了劉慧喬與連薰予，並且很不客氣的意圖推開劉慧喬。

「請放手。」蘇皓靖是笑著的，「我們上班快遲到了呢！」

「蘇……」連薰予倉皇回首，不知道自己臉色有多蒼白。

劉慧喬看著那張好看的臉龐，卻不寒而慄的鬆開手，為什麼這個帥哥笑容可掬，卻讓她覺得被命令呢？

周士興上前拉開劉慧喬，嚴肅地看著連薰予。

「連薰予，妳這樣子只是更加證實妳知道什麼而已！能幫幫我們嗎？」

「不能，也沒必要。」蘇皓靖直截了當，一邊推著連薰予往大樓裡走，「自己惹出來的事自己解決，幹麼扯無辜路人下水？」

咦？周士興愣了兩秒，趁著蘇皓靖回身推連薰予往裡頭走時，竟直接拽住蘇皓靖！

噴飛的左腿、驚恐的尖叫聲、從上掉落的輪椅、自動開啟的蓮蓬頭、站在走廊上的老人家、呼吸器、急救聲與奔跑聲——大量的聲音影像錯綜複雜的撞入蘇皓靖與連薰予的腦子裡！

連薰予痛苦地搗起雙耳彎腰，蘇皓靖趕緊鬆開箝著她的手。

可惡！他緊握飽拳，剛剛他與連薰予有所接觸，第六感才會如此增幅！

若第六感有等級，連薰予她覺得自己只有五，但是蘇皓靖絕對有八，可是他們兩個只要一接觸，所得到的直覺便強到逼近十以上——這是上次電梯事件後發現的，也是蘇皓靖可以跟全棟女孩搞曖昧，就是絕不接近她的主因！

連薰予顫抖的回首看向蘇皓靖，兩行清淚不住的滑落。

「嘖！」蘇皓靖緊蹙眉心，「立刻忘掉！」

「怎麼忘啊！天哪……」連薰予不可思議越過蘇皓靖，看向他後面錯愕的同學們，「你們到底在醫院犯了多少禁忌！」

「通殺吧！」蘇皓靖吁了口氣，無人知曉他後背盡濕。

「禁忌？我們犯了什麼禁忌嗎？」劉慧喬緊張地揪著周士興的衣角，「周士興，我們……」

「不只小貝會出事，你們已經犯了禁忌，犯到那邊的亡者了！」連薰予咬著唇，「阿瑋說得對，你們……等等，阿瑋怎麼知道？」

「阿瑋說他運勢一直很差，本來就不該進醫院，接著就說有東西跟他回家了！」周士興提起這個就很猶豫，「我不知道他講真的假的，但他不是那種同學有難不出面的人，我覺得是真的。」

同學有難不出面，連薰予彷彿被說到般的心虛。

「說話不必拐彎，拿同學情義來要求別人做事，這是現在最流行的情緒勒索你知道嗎？」蘇皓靖眼神凌厲地打量著劉慧喬與周士興，「就算連薰予知道什麼，她也沒有義務要為你們做事吧……呃，喂！」他突然回頭，「還是妳有欠他們什麼人情嗎？」

連薰予被問得有點突然，搖了搖頭。

「就是了！你們連自己犯了什麼禁忌都不知道，還希望別人義務相助，天底下就你們這種自私鬼最多了！」蘇皓靖再度推著連薰予往裡頭去，「妳啊，沒事別沾事好嗎？是嫌命太長嗎？這種不是給個錢買個東西的小忙好嗎？」

「欸……啊！」連薰予緊張地喊著，「可是我……我……」

她焦急回首，看著站在外頭的劉慧喬，她一臉難受失望地望著她，周士興只能拍拍劉慧喬的肩，一副算了沒關係的模樣。

這是情緒勒索，但之所以會變成勒索，就是因為人性的弱點，會讓自己無法撒手。

「等等……你剛沒看到嗎？」連薰予一轉身，抵著蘇皓靖。

「託妳的福，很清楚。」蘇皓靖這句話一點都沒有客氣的意思。

「他們是我大學同學，就算沒有很好，也已經是最好的了……我都感受到了怎麼能棄他們不顧！」連薰予其實在發抖，她抓著蘇皓靖的雙臂，渾身發冷。

蘇皓靖低首，這種人總是不見棺材不掉淚。

劉慧喬奔進大樓大廳，既驚又喜，「小薰，小薰妳願意幫我們嗎？」

連薰予戰戰兢兢地抬頭，對著劉慧喬點點頭，「我只能盡力，我不能保證能幫到什麼……」

她一邊說，一邊懇求般的看向蘇皓靖。

蘇皓靖揚起微笑，溫柔紳士樣的把抓著他衣服的手拉開，「很遺憾他們不是我同學，人各有命，自己踩的雷自己負責。」

他依然禮貌的跟周士興與劉慧喬說再見，還不吝嗇的對她眨了眼，不知道這是不是最後一面囉！

「嘿，小玫瑰！早安！」

前頭的同棟樓的女孩回身，「我又不叫玫瑰，蘇哥哥！」

「還不是因為妳都點玫瑰拿鐵？」

「咦！」女孩心花怒放，「你怎麼知道？」

唉……連薰予嘆口氣，算了，寄望蘇皓靖是她不理智，轉正看向有點不解的同學們，

周士興瞅著蘇皓靖都搭上女孩的肩了，眼神中流露出一抹羨慕啊。

「要有他的程度你還得練練！」連薰予說得直白，「現在情況怎樣？」

「啊……小貝，小貝走了，第一時間身體四分五裂，左腳整個飛出去，人也被碾成兩半。」劉慧喬顫抖著，「已經送到殯儀館了。」

「行車紀錄器影片的網址傳給我吧。」連薰予語重心長地跟著往外走。

「都在群組裡，妳……沒收到嗎？」周士興狐疑地問。

連薰予止步，對，手機……她這才從皮包拿出來開機，劉慧喬跟周士興對望一眼，滿腹疑問卻不知道該從哪邊問起。

在閱讀接收到的 LINE 之前，連薰予先傳 LINE 給羅詠捷，請她代為請假。

「你們開車還搭捷運？」她焦急地往前走著。

「捷運。」劉慧喬伸手欲勾住連薰予，卻在瞬間被她閃開——那動作真的明顯又激烈，讓劉慧喬有些震驚。

「對不起，請不要隨便碰我，任何接觸都不要。」連薰予深吸了一口氣，「可以的話轉告大家，沒我的允許下，大家都別碰我。」

「……小薰？」劉慧喬很慌張。

「我的直覺很強，你們現在狀況不好，我碰到了怕會感覺到什麼……暫時不要。」

她簡單的交代自己的第六感，「我昨晚感覺到小貝會出事才這麼緊張，我也老實說，會去醫院看林雲芸，是因為我看見你們 PO 的照片時冒了冷汗，你們那張合照讓我不安我才去的。」

周士興哇了聲，「這是種感應力嗎？」

「我比較喜歡用直覺這個詞，我不一定能感應到什麼，感應有點像是……感應好兄弟或異界事務那樣，這兩種有微妙的不同。」連薰予疾步往捷運站走去，「現在，我需要你們告訴我那天去醫院發生的事情，鉅細靡遺……」

「好！那我們現在要去哪裡？」劉慧喬緊張地跟在她後面。

「先去醫院一趟吧，我想知道是誰纏上了小貝。」連薰予回眸瞥了劉慧喬一眼，「我昨天進病房時，感覺房裡有三個人。」

「就我、林雲芸跟妳嗎？」劉慧喬不安地問。

「她進來，所以扣掉她有三個人吧？」周士興蹙眉，「昨天陳淑倫不是也有去？」下樓的劉慧喬嚇得一腳踩空，是周士興及時拉住她。

「淑倫後來才來的……」劉慧喬虛弱說著，看著連薰予的背影毫不猶豫地往下走。仰首看了周士興一眼，兩個人深呼吸鼓起勇氣，趕緊跟上。

剛剛那個帥哥說得沒錯，無緣無故為什麼要拉無辜的人下水？小薰就是無辜者，但她既然出手要幫他們，他們怎麼可以退縮呢？

「對了。」連薰予過卡時想到了一件事，「你們剛說阿瑋怎麼回事？」

「呃，他說，那天他回家後……」周士興覺得難以說明，「家裡好像多了一個人。」

※　※　※

唰……

阿瑋轉著眼珠子，他應該沒有聽錯，手上拿著遙控器，下意識的把音量調到最低。

他右後方的浴室裡，傳來蓮蓬頭的水聲，嘩啦嘩啦，幸好他學聰明了，先把擋水簾拉起來，免得等等整間浴室又淹水。

阿瑋有點無奈，不知道這次水要放多久，這個月水費可驚人了！但這也沒辦法，他沒有膽子去把簾子掀開，叫「那個」不要浪費他家的水……因為說不定，「他」只是在洗澡而已。

幾乎是固定時間啊，阿瑋看了眼時鐘，晚上十點半洗澡嗎？真是個準時的「人」。

那天去探病後，他就知道大事不妙了，姑且不論跌倒或是最近註衰的事，去醫院前他就有心理準備，可能接下來會有衰事發生，但萬萬沒想到的是，他是把「什麼」帶回來了。

第一天突然出現的淋浴聲讓他嚇了好大一跳，他一個人住，不可能有別人沖澡，也絕對不是隔壁的回音，哪有人聽不出來自己家浴室的聲響？

問題是他一站到浴室門口，那聲音就消失了，等他一離開，水再度嘩啦作響。

偶爾會有拖椅子的聲音，只是截至目前為止相安無事，他也還沒有被攻擊，唯獨……昨天晚上大家通知小貝出事，他準備出門時，餐桌有把椅子硬生生的卡在門口。

彷彿有個人就坐在椅子上面，雙手抱胸的瞪著他，「你敢出去給我試試看。」嗚，他真心不敢，只好傳 LINE 告訴大家他不方便出門，情非得已……直到今早他要去上班，那把椅子已好整以暇地擺回餐桌邊，像是一種允許出門的狀態。

非常弔詭，他說不上來為什麼，但並沒有感覺到太大的危機感。

下班後他主動不去找小貝，也跟大家說明現在的他有許多不該去的地方，尤其是殯儀館……去那邊是找死嗎？已經帶了一個回來，再帶一個萬一在他家打架怎麼辦？

回到家，面對一屋子的黑暗還是有點恐懼，總是深怕一開燈就跳出什麼……幸好沒有。

試著說話溝通幾次，沒有什麼特別回應，直到十點半，蓮蓬頭的水再度沖刷，他看著新聞報導小貝的車禍，留意著群組的 LINE，對自己的無能為力感到扼腕，但是首當其衝的，還是要自保才對吧。

大概十分鐘左右，水聲停了。

阿瑋看著群組裡的資訊，知道他們找到以前大學同班的連薰予，很文靜但挺漂亮的女孩子，她似乎知道小貝會出事，昨晚急著找小貝時他也有留意到。

大家在醫院是不是做了什麼？小貝喔，他其實隱約知道是為什麼，就大聲啊，在醫院喧譁不只是會吵到病患而已，也會吵到已經離世的病患，吸引所有靈體的注意，有許多人說不定只是走廊上飄移，練習著以為能康復的走路，被她這麼一吵，或回神或發怒，總之……喧譁就是個大磁鐵。

他也是不該去的人之一，運勢不好能避就避，但受傷的是林雲芸，不去探病真的說不過去，大家都是好朋友啊！

LINE 電話響起，阿瑋趕緊接聽。

「喂，情況怎樣？」

『差不多處理完畢了，我們也只能分擔小貝爸媽的難受而已。』打電話來的是周士興，『你有看到群組嗎？我們找連薰予的事？』

「有，她知道對吧？」

『嗯，她想跟你聊一下。』周士興頓了幾秒，『我到現在還是很難接受。』

「寧可信其有吧，周士興！我們那天去醫院犯太多事了。」阿瑋超有自知之明，「至少我也是其中之一。」

『咦？你那邊怎麼了嗎？』周士興很緊張，一旁的連薰予立刻蹙眉。

他們正在一間簡餐店吃飯，連薰予也沒進殯儀館，那裡比醫院更糟，她不想去自討苦吃；她去醫院找林雲芸，等待同學們協助完畢，大家找了間餐廳用晚餐。

「我還好啦……」阿瑋邊說，回頭瞥了浴室一眼，「連薰予不是要找我嗎？」

『好，你等等。』周士興把手機交給連薰予。

『喂？你好，我是連薰予。』

「我阿瑋，好久不見耶！」其實已不太記得連薰予的聲音了。

『敘舊就下次吧，我想問你……你那邊有狀況是嗎？』連薰予謹慎地問，『你說你不方便去看小貝，也不方便再去醫院……』

「嗯，我人品不好，以前就沒什麼好事，最近更是運勢超差，我那天去醫院前就有心理準備了！」阿瑋說起來倒很泰然，「啊，妳知道吧，就運勢低的人不要進醫院比較好，所以……現在多了室友吧。」

連薰予略抽口氣，這麼明確？

『你知道多了室友？』

「他剛洗完澡。」阿瑋口吻盡顯無奈，「水聲超明顯的，我不是聾子啊……不過放心啦，目前為止相安無事，就是昨天小貝出事時，室友好像不太高興不准我出門。」

『……噢！看來好像還算和平？』連薰予都為他捏一把冷汗了，『你覺得是從醫院跟回去的嗎？』

「嗯，應該是，回來後就開始的。」阿瑋嘆息，「小貝說話太大聲了，那天對人、對病患、對護理師都不禮貌，我想應該那些也不太高興吧！」

『差不多是這樣，踩到禁忌了。』連薰予忍不住輕笑，『你好泰然喔！』

「啊不然咧，沒辦法呀！至少我還好好的。」阿瑋也只能這樣說，「其他人還是小心點吧，我也會留意，但我可能不方便再去那些地方了。」

『我理解，請保重……』正要掛電話的連薰予突然想起了什麼，『欸，等等！等一下！』

「嗯。」

『如果能，我是說如果，你能夠跟室友溝通的話，我們會很期待解決方式！犯忌不是你我願意的，希望能夠給大家一個補償的機會，停止這一切。』連薰予誠懇地說著，『小貝真的太慘，我們理解她嗓門大不禮貌，但是下場……』

阿瑋沉重地嘆息，「我懂，我有看見行車紀錄器，那個女生一直追著她不放！」

電話那頭靜默了好幾秒，連薰予才緩緩開口，『你看得見？』

「嗯啊，就她右邊那台紅色機車啊，我就說我很常撞見啦，習慣了！」阿瑋說得很自然，「緊追不捨，那一開始就是針對她的，啊！說到這個，我有看到一幕，不知道對你們有沒有幫助。」

『請說。』

「小貝快被推出去前，那個女生開始噴血，她沒有左腳……是直接從大腿根部噴飛的那種！」他可是看得仔仔細細，「大腿還飛到那台行車紀錄器前，只是當事者看不到而已。」

『我知道了！謝謝……那，保持聯絡！』

「好，掰。」阿瑋切斷電話，倒是幾分錯愕……「奇怪，她幹麼不直接撥給我啊？」疑惑地放下手機，不安地再往右手邊的小餐桌瞥去。

室友洗完澡了，現在不知道在幹麼了。

「我們不小心犯到禁忌了，能不能原諒我們啊？」他對著空氣說話。

餐桌那兒沒有什麼反應，阿瑋嚥了口口水，其實有反應的話他要比較剉吧？

「呃……那個……大家都觸犯到了嗎？」阿瑋真不知道該怎麼溝通，「就是說，還會再有事嗎？」

一樣靜寂無聲的餐桌，阿瑋歪歪嘴，都是連薰予啦，說什麼溝通，現在讓他像神經病一樣喃喃自語著。

唉，拿起遙控器，將音量轉大，他還是繼續看電視好了。

咿！

椅子拖曳聲讓阿瑋僵住動作，眼珠子往右邊瞟，看似擺放好好的椅子，明顯地移動了一點點。

啊咧，這是什麼意思？阿瑋按著音量遙控器的拇指向下，把音量再往下調低了點。

「是小貝觸犯了，還是除了她以外，其他幾個人也觸犯禁忌了？」

咿、咿——一連五聲拖曳聲，直到椅子完全被拉出了餐桌外，斜面對著阿瑋。

這景象真的讓阿瑋背脊發涼，他親眼看見無人的椅子從靠著餐桌直到拖拉出來……

不、不是！這些不是重點！

重點是它是分段拉開的，一、二、三、四、五，總共五聲！

「靠！五個人？除了小貝還有五個人？」

唰——椅子一秒瞬間回到原位，靠著餐桌整整齊齊，只發出了一聲。

阿瑋忍不住張大嘴，他「室友」真的在回答他耶！幹！

抓過手機，他飛快地輸入：我室友表示扣掉小貝，有五個人犯了禁忌！

# 第六章

真的看得見。

連薰予看著訊息，心又涼了一半。

「五個人？」雅妃看著訊息，不自覺毛了起來，「阿瑋寫這是什麼意思啦！還有五個人會出事……」

下意識的，全場每個人都在數數了。

「別數了，越數只是越難過。」連薰予其實也很無力，「我不知道該怎麼做，來之前我有說過，我就是直覺比較強而已，頂多只能告訴你們……不，這次我沒感覺到有用的東西。」

「妳感覺到什麼？」陳淑倫認真地問，「全部說出來，我們能自己判斷！」

「我看到……畫面很亂，我確定我看見噴飛的斷腿，還有正在沖水的蓮蓬頭……頂樓！」

「就這樣？」陳淑倫難掩失望，「我以為……」

「小薰就說只是直覺強而已，她又不是天眼通！」劉慧喬立刻阻止陳淑倫說下去。

「她感覺到小貝會出事，你們也都有那種直覺時刻，小薰最多就是比較強，不要給她壓力！」

連薰予微微笑著，打從心底感激，劉慧喬能理解的確讓她心安。

「阿瑋才是看得見的人，不過那也是肇因於他最近運勢不好。」

「他只有最近運勢不好嗎？」雅妃皺著眉，「他不是一直……」

「咳！好啦，大家知道就好！我也隱約知道他瞧得見，但他很識趣都不說，也不想造成我們恐慌。」

「追著小貝的是女騎士，車禍失去左腿，所以才要小貝的左腿……」連薰予喃喃自語，「她是被盯上了，這麼執著，犯的禁忌一定很明確。」

「我們那天去看林雲芸的情況都跟妳說了，真的就只是那樣，聊天打屁，吃豆花自拍……」劉慧喬真的百思不解，「小貝聲音大的事我們都知道，可是因為這樣就——」

「什麼叫禁忌？或許是道聽塗說，或是以訛傳訛，但是只要裡面有一個是真的，觸犯到的就是忌諱，是難以預料的後果！」連薰予真沒想到有一天，她會搬出迷信姊的話來！唉！

一桌子的人都沒再吭聲，大家也根本食不下嚥，看見小貝那屍身不全的慘狀，又跟醫院扯上關係，誰能吃得下？

「醫院的禁忌，喧譁之外，其他最多就是禮貌。」周士興穩重地繼續說，「阿瑋運勢低不該去，所以他那天也受傷了。」

「病房這麼小，大家吃豆花是圍著林雲芸嗎？」連薰予想起隔壁床的殘影。

「有人坐有人站吧！」陳淑倫回憶著，「有椅子，啊，還有男生是站著的，我跟小貝就坐在……」

坐在隔壁床上。

陳淑倫愣住，臉色瞬間刷白，她的沉默讓雅妃瞬間明白，嚇得一顫身子。

「不會吧……不能坐隔壁床嗎？」

「什麼？」連薰予不可思議地圓睜雙眼，「妳們坐在隔壁床上？」

「就……就借坐一下。我們知道那是下一個病人要睡的，但我們只坐邊邊又沒弄髒……」陳淑倫慌了，「我們沒有躺下，就只是坐在邊緣，床這麼大，借坐一小角應該沒關係。」

「除了禮貌外，病床不能隨便坐的啊！」連薰予翻出「姊訓」，「如果上一張床的人還沒走，那妳們等於直接坐在他身上啊！」

陳淑倫倒抽一口氣，眼淚直接奪眶而出。

「等等，我聽說、我聽說醫院會翻床的不是嗎？」雅妃緊張地說，「不管怎樣，上一個病患走之後，就會翻床的！一旦翻過之後，就沒有這個問題了。」

「如果沒走呢？根本不想走怎麼辦？」連薰予冷靜的解釋，「世界上有各式各樣的人，就會有各式各樣的……那個，如果有人很執著，特別的不甘心……所以那個女生睡過那張床嗎？左腿斷掉還被救回？」

「林雲芸的隔壁嗎？妳今天去醫院有問嗎？」劉慧喬想起第三個人。

連薰予搖搖頭，「問不出來，護理師不太談其他患者的事，還問我為什麼問這麼多。」

「那妳今天提到，昨晚開門時看見三個人……」劉慧喬再問，「第三個人有腳嗎？」

第三個人……門一推開，造成的風輕吹簾子，一抹影子在簾後，下面是……床跟櫃子。

「擋到了，我沒看仔細，我只是感覺那邊有個人，彷彿她就在那兒站著，像有人真的在那邊存在。」連薰予緊皺蹙眉，「有時是過去的人，有時是未來……」

「那天我們去探病時，記得阿瑋提過，他進房時看見一個穿低胸小可愛的辣妹。紅色的小可愛，胸部很大。」周士興這下連結起來了，「那天我們根本沒人穿紅色的。」

女孩們倒抽一口氣，忍不住發冷。

「對啊，男生看應該很準，低胸很難錯過，只是那天我們選擇忽視。」劉慧喬沒想到，那個在探病當天就已經存在了嗎？

「醫院的人不太會說，而且他們輪班也不一定都知道，要問……」周士興提出了見解，「要問病患吧！他們說不定更清楚！」

「啊！對呀！」劉慧喬立刻看向對面的雅妃，「妳不是認識其他病房的女孩，老爺爺的孫女？她照顧爺爺這麼久，說不定知曉一二！」

「曹怡芝嗎？還不熟，就點頭之交，不過聽起來的確照顧有段時間了！」雅妃其實百般不願意回到醫院，「可以託林雲芸問嗎？我們再回去醫院好嗎？」

「重點不是回不回去吧？小貝也沒回去啊！」周士興擰眉，「一般犯上禁忌，懲罰就來了，跟去哪裡沒有關係對吧？」

他問話時，是看著連薰予的。

「呃……我不是很清楚，似乎是這樣。」連薰予相當為難，「我都是我姊耳提面命交代的，但是、但是……你們眼睛別這麼亮，我姊是迷信，她嚴重到什麼教什麼派別都信，沒準的！」

「但總有得參考吧？」陳淑倫緊張地問。

「前提是要能參考啊，我自己都不知道要用什麼做依據了……」真拿姊那套出來，他們連門都不該出！

「那個……早上那位男同事呢？」周士興突然提起了蘇皓靖，「他是不是知道？」

提到蘇皓靖，連薰予臉色立刻一凜，變得有點緊張。

「為什麼這樣問……」她有些尷尬。

「我就覺得他知道，而且他對劉慧喬說：『人各有命，自己踩的雷自己負責』，這句話太明顯。」當然，他也討厭那張好像模特兒的臉，對著劉慧喬笑。

劉慧喬眨了眨眼，「對耶，那個帥哥的確是這樣說的，而且還阻止我拉妳——他是突然跑出來的，怎麼一副知道我們去找妳做什麼的樣子。」

唉，連薰予只嘆氣，低垂著頭。

「他是知道，但他不會管的！也真的……不好拜託他吧。」連薰予勉強笑著，「他的第六感比我還強，說不定一出捷運站就知道你們來幹麼了……我胡謅的啦！」

「那為什麼不能找他幫忙，感應更大的話，說不定能阻止或幫我們啊！」陳淑倫激動的哭喊著，「我不想因為……因為只是坐了一張床……」

「我連我犯了什麼都不知道耶……」雅妃跟著哭了起來。

連薰予只能看著同學，蘇皓靖才不會管這件事，他向來不管閒事的，否則依照他這樣的感應力，豈不要管盡天下事？

「人各有命，他不干涉對吧？」周士興突然很能領悟蘇皓靖的心態，「推妳進去也是叫妳不要沾手的意思……還說妳不要命了，醫院什麼地方妳也敢沾？我都有聽到……」

劉慧喬投以崇拜的眼神，早上她也在旁邊，倒是記不起這麼多！

「你都記得喔！」

「他的口吻跟眼神讓我不耐煩，但我也感覺得出連薰予幫我們似乎是件危險的事。」周士興話說得倒是很白，「我們自己來吧！不知道就去找，看看犯禁忌會怎麼樣，我們又該怎麼解。」

「在醫院認識的人很重要，我也想知道上一個病患是誰……如果能有新聞畫面就更好了。」連薰予至少可以在試著接觸新聞時，看是否能看見失去的左腿。

因為，她現在擔心的是，如果在病房那第三個女生並非找小貝交替的那個……連薰予眼神默默看向掩嘴低泣的陳淑倫身上。

那就更糟了。

上午跟蘇皓靖接觸時，看見的好像更多，怎麼現在反而想不起來了？難道因為其他的感應是屬於蘇皓靖的，她只是被分享而已嗎？

她總覺得不只蓮蓬頭跟頂樓，還有樓梯……樓梯間的什麼呢？

※　※　※

林雲芸一個人在病房裡，極度不安，手裡捏著手機，一直在等待群組消息。

小貝的死帶給大家太大的震撼，現在又一路扯到觸犯探病禁忌，讓她心生愧疚，但是現在群組裡只有阿瑋傳的訊息。

「小芸啊，媽回去一趟喔！」媽媽走了進來，憂心忡忡，「妳怎麼臉色不太好啊！」

「沒事……我沒事。」林雲芸搖搖頭，「只是小貝的事讓我很難過，妳回去休息啦，我沒關係。」

「唉，那麼好的女孩！」林媽媽也只能嘆息，「妳一個人可以厚？媽媽今天不能陪妳了，太累了我要回去睡覺。」

「嗯！」林雲芸勉強笑著，她不敢強留媽媽。

雖然她很害怕，但是看著憔悴疲憊的母親，她不敢要求。

看著母親離開病房，只剩她一個人時，她又忍不住惴惴不安……他們犯到了禁忌，有包括她嗎？

林雲芸不安地瞥向隔壁床，連薰予下午來就問起隔壁床之前是誰，進來換點滴的護理師還不太高興她亂問……唉，應該說上星期陳淑倫他們來探病後，所有人都很討厭她這間。

有一種她的訪客都是黑名單的感覺。

小貝突然出事，是因為……這間病房裡有什麼嗎？林雲芸越想越毛，她不想一個人在這裡！

叩叩。

門突然敲響，林雲芸緊繃著身子，看著小窗戶那邊湊來一雙圓滾滾的雙眼——啊！

「請進！」這分貝絕對高揚！

門開了一小縫，是雅妃那天在走廊上遇見的病患孫女。「嗨！」

林雲芸是經過陳淑倫她們才認識女孩的，她叫曹怡芝，是在大家一起來探病那天認識的；後來淑倫再來時又遇上，所以帶曹怡芝來過！

曹怡芝不是病人，而是偶爾過來照顧她的爺爺，病房相距不遠，在同一條走廊上，總是容易遇到。

「請坐吧！」有人陪她，林雲芸比什麼都安心。

「我剛看妳媽媽離開，我爺爺也正好睡著，就想說過來陪妳一下。」曹怡芝拉過椅子坐下，「妳……妳眼睛怎麼腫腫的？」

不問還好，這一問林雲芸望著女孩，突然間就淚水奪眶而出了！

「嗚……」林雲芸完全止不住淚，突然就爆哭起來，這讓曹怡芝完全不知所措！她慌張的趕緊從櫃台拿過衛生紙包，小心翼翼的放到林雲芸腿上，不敢說話也不敢問，只是默默地看著林雲芸。

哭了好一會兒，林雲芸才勉強能開口。

「對、對不起……」她嗚嗚咽咽，「我朋友出車禍走了，我的情緒有點……」

「什麼？」曹怡芝嚇了一跳，「是、是之前那些來看妳的嗎？」

林雲芸點點頭，「我不知道妳記得嗎？聲音很大的那個。」

「喔，當然，應該大家都……知道吧。」曹怡芝有些尷尬，「我記得她啊，她看起來很明快，車禍？她也車禍！」

「騎車騎好好的突然衝向逆向車道，直接被碾過，連個全屍都沒有！」林雲芸泣不成聲，「明明那天還好好的！」

「媽呀！」曹怡芝打了個寒顫，「好可怕！」

林雲芸緊握著手機，想到了大家討論的事情，忽然看向了曹怡芝。

「小貝的左腿沒了，當場就飛出去……」

「啊！不要講了！」曹怡芝緊張地摀起雙耳，「我不喜歡聽這個！」

「妳知道我這間病房之前住的是誰嗎？」林雲芸驀地再問。

咦？曹怡芝愣了幾秒，看著林雲芸、再看著隔壁空著的床，好生猶豫，「妳問我之前住誰……有關係嗎？」

林雲芸緊抿著唇，用力點頭。

「我不可能知道之前這裡是誰啊，離我病房還有點距離……」曹怡芝突然顫了一下身子，「等等，你們該不會以為是……天哪！」

「總是有這種傳聞，妳該知道的！」林雲芸盡可能溫聲地說，「有人覺得小貝說話太大聲，犯了探病禁忌……」

「可是他們都會翻床的啊！翻床後原本的那個應該就不在了。」曹怡芝用力搖頭，「而且如果左腿斷掉，不會當場死亡嗎？怎麼會再住進病房裡？」

林雲芸悲傷地望著她，「我也不知道，是朋友們叫我問的。」

「問護理師好了！」曹怡芝提議。

「沒用，她們不太說，我朋友之前來問過，她們都不太高興。」

「呃……我覺得是妳朋友們不太受歡迎啦，就上星期妳們太吵，大家都在抱怨！護理師超討厭你們的！」曹怡芝轉了轉眼珠子，「不然我試著幫妳問！」

咦？林雲芸亮了雙眼，「可以嗎？」

「我跟護理師很熟啊，我在這邊照顧爺爺很久了。」曹怡芝壓低了聲音，「但不能急，我得找個嘟嘟好的機會問！」

「好！」林雲芸伸長手想抓住她的手，曹怡芝立刻伸手讓她握住，「謝謝妳！」

「不會啦！只是你們那樣猜很可怕耶，禁忌……醫院是滿多的，可是妳同學是往生耶，這個報應也太嚴重了吧？」曹怡芝嚥了口口水，「這樣子下次晚上我來陪爺爺時我會嚇死……」

「妳如果沒觸犯禁忌就還好吧，再說，妳爺爺住挺久了都沒事。」林雲芸試圖安慰她。

「唉，說得也是。」曹怡芝噘起嘴，「我也希望爺爺可以快點好起來啊！醫院再怎樣都不是自己的家！」

「那妳爺爺……什麼時候能出院呢？」林雲芸試探地問。

曹怡芝臉色陡然一沉，劃上苦笑，「有點困難，爺爺已經失智了，狀況又不是很好……不是我能居家照護的。」

林雲芸原本想問是否有其他的人幫助，但看曹怡芝是孫女又獨立照顧，或許家裡有其他難處，她也就不好過問了。

「總之，自己也要衡量自己的能力，經濟許可下，或許可以請專業看護協助。」林雲芸認真地看著她，「一個人再強都會倒下的，而且不夠專業，有時對患者更會造成傷害。」

「我懂，我其實有請啦，是我自己偶爾過來照顧。」曹怡芝微笑點頭，「好了，我該走了！」

「妳要去看另一個爺爺嗎？」林雲芸有聽說，曹怡芝的爺爺之前有個室友變馬吉，但後來被移到貴賓病房了。

「呃……」曹怡芝突然面有難色，「可能不太方便，我剛剛看見他家人來了。」

「咦？我聽雅妃說，好像是……有點勢利的家人？」坐在病床上的林雲芸，只能聽說。

曹怡芝點點頭，也是萬般無奈，「阿樹爺爺早就簽過放棄急救書了，但是他們家屬就……還不想讓阿樹爺爺離開。」

「捨不得吧！」林雲芸蹙眉，「親情的掙扎，很難用理智去判斷。」

曹怡芝明顯的挑高了眉，帶著點不以為然。

「就當做這樣吧！」她聳了肩，「那我走囉，妳……想不想出去晃晃啊？一直困在床上不累嗎？」

「咦？我……」林雲芸瞥向旁邊的輪椅，「我不太會用那個！」

「啊，這我專家，我教妳！」曹怡芝俐落的把輪椅推過來，「妳應該出去晃晃的，關在房間裡很無聊！我告訴妳，這樣是煞車……」

曹怡芝簡單的講解後，便熟練地協助林雲芸下床，讓她端坐在輪椅上。

「妳要上床時記得先固定，不過我建議妳回病房前，請護理師幫妳比較快，她們都會幫忙的！」曹怡芝鬆開煞車，「來，試試自己推動。」

林雲芸倒是興奮期待，曹怡芝跑去把門敞開，好讓她的輪椅能夠通過——哇！林雲芸真的有種豁然開朗的感覺，她終於離開病房了！

「咦？妳下床了喔！」有護理師經過瞧見，「小心點喔！妳的腳有石膏，距離要算好！」

「我教過啦！」曹怡芝開朗地回應著。

「嗯！」林雲芸點點頭，相當開心地回應。

「我不建議妳下樓或坐電梯，妳就自己在這層晃晃，樓梯間有販賣機可以買飲料，不能吃的不要亂買啊！」曹怡芝耳提面命，感覺就是個住院專家。「那我先走囉！」

「嗯，謝謝——」林雲芸一頓，「啊對了！我房間的事……」

曹怡芝先是錯愕，接著恍然大悟，豎起大拇指，「放心好了！我一定找機會問。」

目送著曹怡芝離開，林雲芸推著輪椅經過電梯前，曹怡芝還在等電梯的跟她揮手再見，路過的護理師也問她要走了喔，感覺真的很好。

林雲芸想把這層樓逛遍，住院以來，幾乎都困在電梯跟病房裡啊……啊，對了，那位阿樹爺爺呢？陳淑倫說過，好像在VIP病房區，就是主幹道再往前直走，比較僻靜的地方。

叫做「張土樹」。

看著門上的名字，林雲芸的高度看不見裡面，但是可以聽見裡頭儀器的聲音，靠儀器呼吸、用儀器讓心臟跳動，究竟能不能算活著呢？

即使已經簽下放棄急救，家屬的捨不下往往威脅著醫護人員，讓他們無法放手遵循病人的意願，就怕有個閃失，讓家屬一狀告上法院，倒楣的又是醫護人員。

林雲芸回首看著長廊，夜晚時分，曾幾何時她竟一個人孤單地在長廊上，感覺有些寂寥。

醫院，生與死的交界，多少人活著進來，卻不一定能活著離開。

「我不知道我們觸犯到什麼，都請各位高抬貴手，真的不是故意的。」林雲芸有感而發的喃喃，「我同學確不禮貌，可是這樣就奪走她的生命，是不是……」

不是大錯啊！

「我就跟你說我不知道啊！」

咦！林雲芸突然聽見了帶有回音的說話聲，在前方不遠的左側樓梯間，這麼大聲，這人也不知道會犯忌嗎？

輕巧地移動輪椅，假裝路過的往樓梯間去看，結果他們這層樓並沒有人；這個樓梯地處偏僻，一般沒多少人會走，更別說現在已經晚了，訪客時間均已結束，更不會有人過來。

在外面一看見沒人，林雲芸立刻發毛，想著她聽見了什麼……糟糕，快回去好了！

「我要知道，我需要拖這麼久嗎？他就沒交代啊！」

欸欸，都要離開的林雲芸又聽見說話聲了，原來在下面啊！她這才鬆一口氣，她以為遇到了什麼……「原住戶」之類。

「死老頭連個線索都沒留，我們翻遍了他的東西，就是沒紀錄！」

握著輪子的手一緊，死老頭？她喉頭緊窒地聽著，為了更清楚，她放輕動作的滑進樓梯間的平台，極為小心的往前再往前，直到看見那個在三樓半講電話的男人，同時避免自己被瞧見。

「是那個菲傭說他有留遺書的，但我們根本就找不到，張土樹的存摺就只找到兩本，搞不好是那女人黑白講！」肥肚的男人氣急敗壞地說著，不斷來回踱步，「我不管，在錢沒弄清楚前，他就是不准死！」

什麼？他們在說什麼？林雲芸不可思議的瞪圓眼睛，張土樹是那個阿樹爺爺！

「均分？我他媽的均分什麼，張土樹生前最疼我，他說過很多次錢都要給我，誰要跟別人分啊！我一定會找到的……賣鬧啊，我連保險箱鑰匙都沒找到咧幹！」

那是阿樹爺爺的親人嗎？不放棄急救讓他活著的原因是因為——財產分贓不均？

天哪！林雲芸掩著嘴，她突然領悟到剛剛曹怡芝的表情是什麼意思了！

之前雅妃提過似乎不單純，另有意圖才不讓老人家安詳離世的！急救可以說是一種酷刑，一種電焦肌膚、折斷肋骨、挖洞插管的痛楚，也根本不知道病患有無意識。

阿樹爺爺被自己的財產困住了嗎？

感覺好過分喔！林雲芸望著身上背的小包包，對啊，她有帶手機出來，她可以錄影錄音，放到爆料公社讓大家看看，這種為錢不讓老人好走的不肖子孫是什麼嘴臉！

說不定，還可以讓阿樹爺爺好走！

林雲芸拿出來立刻先按靜音，接著開啟錄音模式，現在整座樓梯這麼靜，保證可以錄得一清二楚。

「我哪知道？我要是知道那封遺書是假的，我就不會讓他中風了啊！」男人低咒著，「費了這麼多功夫，結果居然被這死老頭擺了一道！要不是我反應快，不準放棄急救，現在錢都送出去給人了啦！」

等等……他剛剛說什麼？林雲芸發現自己聽到了不得了的話語，為什麼感覺阿樹爺爺的生病住院，一開始就是加工的呢？

她緊張的緊握手機，掩著嘴不敢出聲，這裡太靜，她總覺得呼吸聲都太大聲。

實在怕男人突然上樓，她又小心的把輪椅往後推了幾寸，這樣等等要走也比較方便——喝！

樓上突然站了一個人影，嚇得林雲芸差點尖叫！

她緊掩住嘴，看著站在五樓半的男人，全身裹著繃帶的男人像極了木乃伊，一動也不動的站在那兒，用一種詭異的眼神瞪著她。

為什麼她覺得哪裡怪怪的？林雲芸不敢直視對方，趕緊正首，既然這邊有人在了，那她應該要快點離開這裡。

動手推著輪子，使勁往後……咦？林雲芸用力扳開煞車，輪胎卻絲毫不動。

怎麼回事？林雲芸驚愕的才抬首，就看到樓上那個男人歪著頭，指向了她的後方……但也是因為他舉起了手，林雲芸才可以看見男人的右手根本是殘肉贓骨的血腥！

不是人！那個不是人！

林雲芸驚恐的再推動輪椅，上頭男人開始一步步往下走，不不，看他指著的方向，這種時候誰敢回頭啊！

但是她動不了吧，右腳裹著石膏的她怎麼移動啊！

沙。

有人握住了她的輪椅，林雲芸瞪大雙眼，渾身僵硬發抖，緩緩回過了頭。

這瞬間，輪椅的煞車鬆開了，她只感受到輪椅被飛快地往前推去。

「哇啊啊——哇啊啊啊——」

一拐一拐走下的男人往下望著，一步一攤血，抓住他的點滴架緩緩往下。

『晚了……晚了……』

※　※　※

蘇皓靖倏地跳開眼皮，看著昏暗的天花板。

冷汗浸濕了他的睡衣，心臟跳得飛快，讓他感覺虛脫無力，他吃力地坐起身子，看著從落地窗外灑下的一地月光。

「馬的。」一隻手撐額，昨天就不該碰連薰予的！

闔上雙眼，白皙左手上的掌印清晰浮現，他緩緩睜眼，顯得極度不耐；向右手邊床頭櫃的手機瞥去，半夜三點三十分，這時間傳訊給妹子，通常都該是情話綿綿啊！

抓過手機解除飛航，找到了連薰予的 LINE，又是嘆氣。

他應該換工作的，對。

『妳的左手是誰抓的？』

# 第七章

林雲芸在樓梯間被人發現，其實發現得很早，但頸子折斷，再早也回天乏術。

連人帶輪椅自樓梯上摔下，輪椅傾倒在半途，人卻一路摔到下一層樓，頸子折斷，那裏著石膏的腳石膏龜裂，再斷一次。

連薰予身為總機，日前已經臨時請假過一次，不能再這樣請假，所以她只能在公司靜待消息，只是一聽見林雲芸的死訊，她就想起了前天早上看到的影像。

樓梯上的輪椅……對，她曾看過那幕，但是她沒有瞧見林雲芸啊！

「小薰，妳臉色好差喔！」羅詠捷冷不防的趴在櫃台上，「到底發生什麼事啊？」

「沒什麼，不是發生在我身上啦，是我同學。」連薰予笑得很虛弱。

「就那天說的大學同學嗎？」羅詠捷眨了眨眼，「結果怎樣？」

連薰予笑而不答，只是搖搖頭，這不需要讓羅詠捷知道，依照她的性格，說不定等等下班就自告奮勇要陪她去一趟醫院了。

羅詠捷從不為難人，連薰予想說就會說，所以她託連薰予印個東西就進公司了。

連薰予朝右手邊雜誌社看去，蘇皓靖居然沒來上班？昨天半夜傳 LINE 問她左手的事，結果今天卻沒出現。

她也沒回答他就是了，她的左手……連薰予下意識握住自己的左手腕，手印痕仍在，而且轉成瘀青了，並不會痛，可那五指痕變得越來越清晰，似乎隨著出事的增加而變深。

小貝死的那晚轉紅，今晨起來後轉成青色。

她沒敢讓姊姊知道，也不敢多提醫院的事，以及她介入同學犯忌的過程，否則姊真的會親自到公司接她回家，不許她插手。

「怎麼會這樣……」她想到林雲芸就忍不住難受，她好好的待在醫院裡，是患者不是探病人啊！為什麼會出事？

除非沒翻床？否則還能有什麼衝撞忌諱的事？

這些第六感不是由她而來，是蘇皓靖，說不定他看得更清楚……到底那五個人是哪五個？陳淑倫坐了床，雅妃呢？劉慧喬跟周士興又能犯什麼事？

「呃……哈囉？」櫃台突然有人敲了敲桌。

「啊！抱歉！」連薰予嚇得回神，她居然失神到有人來了都不知道！

一抬頭，連薰予瞬間愣住。

阿瑋有點緊張的微笑，揮揮右手，「嗨！妳記得我嗎？我是阿瑋？」

連薰予完全呆晌，仰首看著趴在櫃台上的男人。

「呃，連薰予？我阿瑋。」阿瑋再次比了比自己，她這表情也太目瞪口呆了吧？他又不是帥哥等級的！

背後電梯聲抵達，叮的一聲，門朝兩邊開啟，來人走出電梯——「哇！」

這一聲哇不禁嚇得阿瑋回首，連連薰予也跳了起來，離開椅子直往後頭牆貼。

嗯？阿瑋看見挺拔的男人用驚訝的眼神望著他，然後刻意離他遠遠的，邁開步伐往自己的左手邊去，同時注意到櫃台裡的連薰予貼著牆，竟也往同一個方向滑步。

「連薰予？妳怎麼了？我阿瑋啊，記得嗎？我是陳淑倫那票的！」阿瑋緊張的要上前。

「停停停！你站那邊就好！」連薰予緊張的伸手示意他不要動，「站著不要動！」

「哇，這妳同學啊？」蘇皓靖一溜煙滑到她身邊，「這是哪裡來的奇珍異寶？」

「大學同學……他大學時還沒這麼嚴重啊！」連薰予緊張地打量著阿瑋，「你是怎麼了，阿瑋，遇到什麼事了嗎？」

「呃，我就是來找妳談醫院的事。」阿瑋指指自己，「奇珍異寶是指我嗎？」

「妳自己處理，妳同學中有這種人，妳還敢碰？」蘇皓靖乾脆撂下一句話，「我奉勸妳，絕對不要再踏進醫院一步。」

「等等，蘇皓靖！我又有個同學出事了！」連薰予焦急的要拉住他，「你至少讓我再感覺一次——」

唰！電光石火間，蘇皓靖閃開了連薰予的手，甚至大跳了一步。

「我不想知道，我說過了。」他語帶警告，「各人造業各人擔。」

抓起識別證一刷，蘇皓靖根本是逃進去的。

氣氛不對啊，阿瑋相當尷尬，但又站在櫃台不敢輕舉妄動。

連薰予難受地站在雜誌社門口，裡面幾個員工不時張望，她羞窘的回身，想走回櫃台，一看到阿瑋又是令人喘不過氣的壓力。

「阿瑋，你可以站在電梯那邊嗎？越遠越好。」連薰予誠懇拜託。

阿瑋根本不明白為什麼，但是很乖巧地貼到兩座電梯間的牆壁站妥。「這樣嗎？」

「謝謝。」連薰予擠出微笑。「你怎麼知道我公司？」

「劉慧喬跟我說的啊。」阿瑋其實覺得站那邊說話好怪，他距離櫃台有三公尺遠耶，說話都得用吼的。「我們一定要這樣說話嗎？」

「你不必吼，我聽得見。」連薰予拿起桌上的紙筆，人還是貼著牆上與阿瑋對望。

「林雲芸的事我已經知道了……」

「那個我昨天睡不太好，我覺得我室友在說話……啊！妳該不會是感覺得到我室友了？」阿瑋恍然大悟，左顧右盼，「他跟我一起來了？」

「他如果跟你來，我應該會請你下樓。」連薰予專心回到正題，「你室友說了什麼？」

「也有可能是作夢啦，但我一整晚都聽見一樣的詞。」阿瑋緊皺著眉，「室友一直在求救，不停的要我救他！我醒來後頭超痛的，然後在廚房裡看到用水痕寫的911……我有拍下來，我給妳看……」

「不必！不必！我信你！這種事你沒必要扯謊。」連薰予寫下911三個字，看著自己發青的左手。

那晚在電梯裡，握住他的手時，擔架上的亡者說了什麼？救救……誰？

「你為什麼不直接傳給我，要親自跑來？」她不解地問。

「妳好像不太喜歡用自己的手機？聽說妳第六感強，我想說我如果打給妳或傳LINE給妳，妳可能不太舒服，還是人來一趟好了。」阿瑋非常貼心，貼心到連薰予相當無言。

「你有沒有想過，你本身來，我才真的很不舒服……不，我不是故意無禮的，但你實在……」連薰予看著阿瑋，「我的天哪，你是怎麼活到現在的？我感受到——」

阿瑋瞪大雙眼，期待不已，「什麼？」

「一片混沌，你給我的感覺就是壓力、黑暗、一大片混亂！」連薰予壓著胸口，「抱歉，我有點不太好呼吸。」

「嗄？我嗎？」阿瑋好生訝異，「我這人最好了！我沒有要給妳壓力的意思啊，而且大家都說我很開朗的吧，我沒有黑暗啊！」

你的人生。

連薰予沒加以解釋，她覺得再說下去，對阿瑋真的不太禮貌。

黑暗到她甚至什麼都感覺不到，她一見到阿瑋瞬間的直覺就是——不能靠近！危險！越遠越好！

「……你那個室友，你見過嗎？」連薰予皺著眉。

「沒有，我們目前和平共處，對方也沒有想走的意思。」阿瑋說得有點無奈但是又挺泰然的，「他就十點半準時洗澡，我在客廳時，他會在餐廳坐著，有時問話會有回應，但有時不會。」

「沒有攻擊性就還好，希望你救他這太怪，他應該已經……你懂的。」連薰予突然瞇眼，「他是說救救他嗎？」

阿瑋點頭如搗蒜。

「不，我意思是，他是說救救他，還是救救我？」連薰予緊張地問。

阿瑋啊了一聲，說什麼啊……就說是睡夢中發生的，他也記得不是很清楚，救救……救救……

「他！」阿瑋雙眼一亮，「他說救救他，對！不是救救我，要救某個人嗎？」

『救……救……他……』

對！那天從擔架上竄出的手，緊握住她時也是這麼說的！那個人要她去救某個人！

「醫院裡有事。」連薰予揪著心口，「有誰急需救援！」

「我覺得大家都需要吧，林雲芸走了啊！」阿瑋激動地說，「兩個晚上，我就失去了兩個同學啊。」

一場車禍、一場意外，連續兩個！

「我知道！我剛甚至在想林雲芸到底是犯到什麼了！」連薰予絞著衣角，「她是住院的人啊！」

「妳等等會去醫院嗎？」阿瑋擰眉，「要不我載妳？」

連薰予狠狠倒抽一口氣，「你騎車？」

阿瑋點頭，為什麼連薰予臉色好差。

「你不適合騎車……啊，不對，總比坐大眾運輸好！」她喃喃唸了一堆，「沒關係，我自己去……你不適合去醫院知道嗎？」

「我想去送小芸最後一程。」阿瑋失落地說，「好了，我溜出來的，我得快回公司了。」

「啊，電梯來了，慢走！」快走快走！

「掰，晚上見。」

「沒關係，你可以……」阿瑋退進電梯裡，門一關上，連薰予大大地鬆了一口氣。

「天哪！」

她無力地坐回位子上，簡直是趴在桌上的，那是哪門子的氣場啊，不管直覺還是第六感，她都不敢相信阿瑋可以活得好好地站在她面前，而開朗的小貝或是溫柔的林雲芸卻已經不在人世了！

先不想他了，她得仔細思考醫院的事……醫院有人需要救助，所以透過各種管道發出求救訊息嗎？可是小貝的事怎麼說？那分明是攻擊行為，甚至逼近了抓交替。

是那份求救訊息，讓一切騷動起來嗎？

潛意識往一旁看，蘇皓靖真的能做到撒手不管啊！可她在期待什麼？這根本完全不關他的事，她本不該對人有期待。

打開電腦，她查了一堆探病的禁忌，真如姊姊說的根本是地雷區，處處地雷處處小心，她把所有要點貼上 LINE 的群組，希望大家仔細想想，誰踩到了什麼。

打開抽屜，下方的工具盒裡搬出了三串佛珠，還有幾本攜帶型的迷你硬殼經書，前後是硬紙本，中間不過是一大張紙摺疊起來的小本；這都是姊要她放在辦公室的，現在剛好可以派上用場……往生的話，要唸……這本！

她全往手提袋塞，上午跟主管報備提前兩小時下班，她也想去醫院看看怎麼回事，也該送林雲芸最後一程。

那天去探病時的相見歡，她沒有感受到林雲芸有任何的不對勁……那天她有接觸到林雲芸，完全沒有什麼狀況；倒是劉慧喬抓住她時，她才看到……輪椅，血，還有……

胸口一陣緊窒，連薰予說不上來的不對勁。

灌了半杯溫水後發現已經下午三點，她可以走了。

連薰予坐在位子上，手上緊抓著包包，明明該走了，她卻邁不出去。

因為直覺告訴她，她不該去。

從小到大，她這份直覺從來沒錯過。

手在發抖，腳也疲軟，冷汗一點一滴的滲出，她甚至可以聽見心跳的聲音……不該去。

今天，絕對、不可以去醫院。

連薰予緊閉上雙眼，這不是明知山有虎，偏向虎山行。

而是如果她今天順從了直覺，明天如果換來同學的屍體，那她這輩子都無法心安！

她達不到蘇皓靖的境界，就只能衝了！

「走！」催眠自己，連薰予咬牙起身，拖著沉重的步伐按下電梯。

直到電梯關上，雜誌社嗶的一聲，玻璃門開啟，蘇皓靖緩步走了出來。

他站在廣告公司的櫃台邊，看著整理整齊的桌子，靠上的椅子，和右邊那台往一樓去的電梯。

「我真的應該換工作的。」

※　※　※

醫院的簡易靈堂在地下室，現場哀淒一片，連薰予抵達時林雲芸親友都在那兒為她誦經，連薰予默默加入；她全身不住的發抖，劉慧喬還以為她冷，誦經時大家都沒有中斷，只是不停不停地唸著。

連薰予好想哭好想逃，今夜會出事，她感受到的是不絕於耳的尖叫聲，還有一片血紅，其他都看不清楚了！

唸到差不多的時候，遺體就要轉去殯儀館了，警方目前判定是失足跌落，因為林雲芸首次使用輪椅可能不熟悉操作，不小心掉了下去，剛巧摔斷頸子；那個樓梯又地處偏遠，晚上無人行走，導致沒有在第一時間發現。

不過依頸骨跌斷的情況來看，就算立刻發現也是來不及的。

「她為什麼會想坐輪椅！她一直沒說想坐啊！」林媽媽泣不成聲，「我才剛走，我才剛走而已！」

「好了好了！不是妳的錯！雲芸可能是覺得悶吧！」林爸爸安慰她。

「但她腳打石膏，是怎麼坐上輪椅的？而且輪椅又這麼遠，她根本搆不到啊！」母親極不甘心，「是哪個護理師幫她的！一定有人幫她，卻沒好好照顧她！」

總是要找個人怪罪，才會心安嗎？

連薰予望著悲傷的背影，今天就算是護理師協助林雲芸上輪椅，也不代表該護理師要為林雲芸的死負責；操控輪椅的是雲芸自己，護理師不是她的專屬看護，也沒有替她推輪椅……

嗯？連薰予蹙眉，為什麼她突然覺得是有人替林雲芸推輪椅的？

「真希望不要有人知道是哪個護理師幫雲芸的。」劉慧喬轉過來低語，「我覺得林媽媽好像想找人開刀。」

「人之常情，林雲芸死了，林媽媽自然難受，而且林雲芸為什麼突然會坐輪椅這真的很怪啊！」雅妃也輕聲說著。

「悲傷也不能找人開刀啊！」劉慧喬不以為然，「除非今天是那個護理師讓林雲芸摔下樓的，如果因為協助坐輪椅就要告那個護理師，這太不合常理了。」

「妳跟情緒失控的死者家屬談什麼常理？」周士興敲了劉慧喬的頭，「會說這種話的都是外人。」

「至少合理。」劉慧喬嘟起嘴。

「不說告不告的問題，我也很好奇林雲芸是怎麼想坐輪椅出去逛的？」陳淑倫絞著衣角，「還有，她摔下樓會不會是因為……那個？」

「她是患者，不是探病者吧？她怎麼犯忌？」周士興頭腦很清楚，「該留意的是我們，我們現在在醫院，又在……」

太平間裡。

「天哪，我不行……我要離開！」雅妃哽咽起來，焦急的要往電梯去，「我們快走吧！」

電梯，連薰予沒來由的打了個寒顫。

「我走樓梯好了，一樓嗎？」

「啊？」劉慧喬回首，「五樓吧，我們去幫忙整理一下病房，妳要走上去喔？」

連薰予笑不出來，她直覺不能坐電梯，勉強點點頭找著樓梯間，只是才踏出一步，就覺得不安感比電梯大上好幾倍。

樓梯比電梯糟嗎？

「要我陪妳嗎？妳臉色好蒼白。」周士興體貼地問。

「沒事，太冷了，我才想走樓梯運動一下。」連薰予胡謅著，逕往樓梯間去。

陳淑倫慌張地看著連薰予的背影，小薰是直覺強的人，她不想坐電梯是不是因為……

「是不是不該坐電梯？」陳淑倫戰戰兢兢地問，「小薰不是能感應到什麼嗎？所以她才不坐電梯？」

「什麼？」雅妃驚嚇得掩嘴，「那她幹麼不說，要讓我們坐嗎？」

「小薰不是那樣的人吧！她就冷想運動啊！」劉慧喬蹙著眉，多按了往上鈕幾下。

「真不能坐她會告訴我們的啦！而且為什麼不能？大家不都是這樣坐下來的？」

周士興沒吭聲，回頭看著步履蹣跚的連薰予，她真的不太對勁。

來到樓梯間，沉重的門是關著的，連薰予手才貼在門板上，立刻就聽見了裡面的尖叫聲。

『啊啊啊——讓我出去！』

『我沒有死！我沒有死，我要離開醫院，我身體好得很！』

『殺了他們！殺掉他們！』

天哪！連薰予僵住身體，樓梯間是這種狀況嗎？為什麼比那天來探病時更可怕了？是林雲芸的死引起了什麼，還是醫院裡的情況只有越來越糟？

這樣她能走到五樓嗎？發抖的手再往前推，門現在無比沉重，她推這麼久，也只能露出那十公分的……

『嗨……』

不到十公分的空隙中，出現了一張貼在門縫上的臉，鮮血大量的從他綻開的笑容裡湧出。

喝！連薰予瞬間縮手把門關上，嚇得連退三步，不假思索的立即回身直接朝同學那邊衝去。

「我跟你們坐電梯！」

最後一個進入的周士興趕緊壓住門，看著奔來的連薰予覺得好奇，但也沒多問，等她一起。

五個人進了電梯，連薰予抖得更嚴重，讓劉慧喬忍不住脫下外套給她穿。

「我沒、沒關係。」她嘴上這麼說，劉慧喬已直接為她披上外套。

這電梯，簡直像冰櫃一樣凍，壁上都結了霜，呼出的氣都是白煙，凍到她心臟都快停了。

數字爬升得極為緩慢，B2、B1……一樓居然沒人按電梯，中間毫無停留，速度卻比平常慢上一倍。

「怎麼這麼久啊？」陳淑倫恐懼極了，「好像每一層都有人停一樣。」

「不要說了啦！」雅妃嗚咽地低喊。「我們應該離開醫院，我們不該回來！我……」

「小貝又不是在醫院出事的。」劉慧喬不以為然，「面對現實吧！我該帶的都帶了！」

「妳帶什麼啊？」周士興倒是好奇。

「就香啦、冥紙啦、供品啊！」劉慧喬身上那袋搞半天是要祭祀用的嗎？

叮，電梯終於抵達五樓，但聲音響起，門卻遲遲未開。

左手開始隱隱作痛，連薰予看著手上的手指痕，從青色轉成紅紫，痛楚開始增加，像剛剛才被人緊緊握住一樣。

周士興動手按著開門鈕，連薰予也希望快點開啟，她一刻都不想再待在這裡面了！

喀……電梯門總算開啟，這一瞬間，連薰予突然覺得寒意盡褪！

敞開的電梯門外，站著雅妃他們都熟悉的女孩。

曹怡芝呆站在門口，望著一電梯的人，下一秒突然毫無預警的就哭了出來！

「嗚！」隻手掩嘴，她緊閉上雙眼，淚水撲簌簌落下。

「咦咦？」劉慧喬可愣住了，步出就安慰，「妳怎麼了……別嚇人啊！」

雅妃悄悄倒抽一口氣，該不會是她爺爺……陳淑倫即刻領會，但又不敢問。

「這是怎麼了？」周士興小心地開口，「爺爺還好嗎？」

曹怡芝一愣，趕緊搖頭，「不，不是爺爺……」

連薰予沒見過曹怡芝，她只覺得到五樓後輕鬆好多，那種冷冽盡褪，恐懼感也淡化……倒是護理站裡氣壓很低啊——

「晚上人手才多少？他們現在是要找人負責嗎？」

「我問過大夜了，根本沒人幫那個女生上輪椅！現在她家屬好像一副我們殺了她似的！」

「就算幫她上輪椅那又怎樣？那是我們的職責啊！但沒規定我們一定要看她，或是推著她到處走吧？簡直莫名其妙！」

護理師們義憤填膺，看來林雲芸的親人在上面已經不客氣了，非要找個人出來為林雲芸的身故負責，而護理師越討論，這女孩卻哭得更激動。

「妳不要一直哭啊，說話啊！」雅妃焦急著，「我們現在真的沒空管妳的事……」

曹怡芝用力搖頭抹淚，離開電梯前，示意他們跟著她走。

趁隙，連薰予問了陳淑倫女孩是誰。

「醫院病患的家屬，就那個照顧爺爺的孫女，叫曹怡芝。」陳淑倫簡單交代著，「我們後來看林雲芸時，偶爾會遇到她，病房在同一區。」

「噢……」看她哭成這樣，連薰予又覺不對勁。

如果不是自己的爺爺出事，那現在……是因為林雲芸嗎？

「我不是故意的！」離開主走廊後才轉彎，曹怡芝就停下來緊緊握住劉慧喬的手，「我不知道會發生這樣的事！」

「什……什麼？」劉慧喬不解，同學們包圍著她。

「是我……是我讓她坐輪椅的。」曹怡芝痛哭失聲，「但我不知道會出事，我真的不知道……」

咦咦咦！所有人莫不倒抽一口氣，是曹怡芝協助雲芸上輪椅的！

「妳怎麼……」陳淑倫不可思議，難怪林媽媽他們遍尋不到人！

「我怕她會悶，她也說想出去，你們知道我對攙扶人上輪椅很熟練啊，那也不難，上去後推著走、煞車……」曹怡芝全身都在抖，「我不敢講，怎麼辦……她的媽媽好凶，他們指著護理師罵，說他們是殺人凶手，但我不是！我不是啊！」

「噓噓——」周士興立刻上前，「妳小聲點，再激動大家就都知道了。」

雅妃緊張的左顧右盼，「我們先去雲芸的病房好了，這麼多人在走廊上也太顯眼。」

眾人立刻往林雲芸的病房移動，走廊上人來人往，他們一群人圍在一起，曹怡芝又哭成那樣，難免引人側目；連薰予看著醫護人員來往，走廊的牆邊有著行動不便的老人家練習走路，或推著自己的點滴架，出來散散心。

她感受著這份平靜……是啊，好平靜。

經過敞開的病房門口，坐在病床上的人們不約而同的往外看著他們，無神的眼睛，面無表情的模樣，出神的看著門外。

「妳怎麼就放著她一個人呢？」一進病房，陳淑倫就發難了。

「因為我要回去了啊，我只是讓她一個人在五樓晃，我還特地交代她回病房時記得委託護理師協助的！」曹怡芝絞著雙手，「我不知道她為什麼會到那麼遠的樓梯間去！」

「她第一次坐輪椅，說不定狀況都不熟……」陳淑倫還想繼續說，就被劉慧喬打斷了。

「好了啦，妳現在跟林媽媽有什麼兩樣，硬要找個人怪！她只是幫忙，又沒義務！」

劉慧喬看著原本放著輪椅的角落，「事情已經發生了，說再多都沒有用。」

聞言，曹怡芝哭得更大聲了。

「妳也逃避不了太久，我看林媽媽他們不會就這麼算了，鐵定會追究護理師，妳總不能看著別人擔吧？」周士興思忖著，「我覺得找個機會認了，照實說妳就是幫林雲芸而已，但不知道會出事。」

「誰知道會出事啊？」劉慧喬看著紊亂的床鋪，又是悲從中來，「輪椅有這麼難操控嗎？隨便一推就會滾下樓？」

曹怡芝突然抬頭看向了劉慧喬。

那是種緊張又帶恐懼的眼神，連薰予看進她閃爍的眼底，她抖得更凶了。

「怎麼了嗎？」連薰予一步上前，「我叫連薰予，妳叫我小薰就好，我也是林雲芸的同學……」

「啊……我們……我們見過。」曹怡芝勉強笑著，「在走廊上時，妳差點撞到我……」

連薰予幾秒的呆愣，「啊啊！對！對對！是妳！」

曹怡芝點點頭，幾秒鐘的會面而已，連薰予不記得也是自然。

「林媽媽會不會說……是怡芝殺了林雲芸啊？」陳淑倫憂心不已。

「不是我殺的！」曹怡芝慌亂搖頭，「真的不是我，我覺得是……」

一時間，整間病房的人都錯愕的看著那個扳著指頭慌亂的女孩。

她覺得是？

為什麼她說的口吻，彷彿真的有人殺了林雲芸？

# 第八章

「妳覺得是誰？」周士興可沒錯過，「林雲芸摔下樓梯不是意外？」

「我……」曹怡芝嚥了口口水，顯得非常緊張。

摔下樓……頸椎斷裂。

連薰予突然掠過了同學，來到病床邊，她的確感覺到那邊不對勁，直覺告訴她：林雲芸的死不單純。

但她早該知道哪裡不單純啊！觸發禁忌後的狀況，誰能預料？連薰予仔細端詳著病床上所有的東西，一個細節都不放過，希望能給她什麼樣的靈感。

「妳快說啊！妳該不會看到……那個了吧？」劉慧喬急著問。

「那、個？」曹怡芝愣了兩秒，「不是不是，你們不要嚇我，你們一直說有鬼，我會怕！」

「不是鬼，那就是人了。」雅妃不解，「林雲芸又沒跟人結仇，怎麼會……」

「我不知道……我昨天是要走了，結果在路上看到水果攤裡有爺爺愛吃的水果在特價，所以我買完又折回來，想先冰到冰箱。」曹怡芝眼神放遠，「既然回來了，我就想說順便看一下林雲芸，說不定可以幫她回病房，結果找不到她，我一直走到阿樹爺爺那邊的病房，才聽見說話聲……」

「林雲芸跟誰在講話？」陳淑倫緊張追問。

「不是她的聲音，是別人。」曹怡芝抿了抿唇，「他們在說聽起來很可怕的事，聲音是從樓下往樓上走來，我怕被看到拔腿就跑，我至少得跑離那條走廊才不會被瞧見啊！」

「所以妳沒聽見林雲芸的聲音？」

曹怡芝搖了搖頭，眼淚又落下，「我覺得，那時候她可能已經……」

劉慧喬抓著她的上臂轉過來，「所以他們說了什麼？」

「什麼……怎麼辦？放著就好、沒人有證據……」曹怡芝說著片段的話語，「誰叫她要偷聽之類的！」

「我的天哪，難道雲芸是被殺的嗎？」陳淑倫也趨前，「那是誰？妳有看到人嗎？為什麼不立刻報警？至少可以立刻抓他啊！」

曹怡芝嚇得搖頭，拚命搖首退後。「不行！不可以，我才不敢，他們認識我的！我爺爺就在醫院裡，我不能拿我爺爺冒險！」

「妳知道是誰？」劉慧喬傻住了！

「聽聲音好像是阿樹爺爺的兒子！那是個很凶狠的男人！」曹怡芝連喊出關鍵字聲音都因恐懼而輕聲，「他們全家都認識我跟爺爺！我也沒有證據，我只是聽見他們說話而已……我不能證明什麼！我也是今天到醫院，才知道、才知道她昨天摔下樓死了！」

阿樹爺爺的兒子嗎？劉慧喬有些混亂，曹怡芝聽見男人們說偷聽？林雲芸偷聽到什麼事嗎？值得被痛下殺手？

「這倒能解釋為什麼林雲芸會傷得這麼重，頸部跟手都有骨折，這需要有一定的衝力……我聽見時就在想，不小心掉落不該會這麼慘……」周士興極不悅的緊鎖眉頭，「看來可能是被推下去的，才會有那個重力加速度。」

雅妃一時無法承受這些狀況，一場意外，一場因為觸犯探病禁忌引起的不幸，為什麼眨眼間變成凶殺案？

「所以雲芸聽見了什麼？」陳淑倫無法置信。

「等等！我們說這些是有根據的嗎？這樣亂猜……就是因為我們犯了禁忌！」雅妃哽咽的衝向連薰予，「小薰，妳說……」

面對著求生欲攀浮木的雅妃，連薰予第一時機間就舉手閃避，她說過，不想接觸到任何人！

「別碰我！」她語帶不耐煩的繞到床的另一邊，便是兩張床間，「你們的情緒都會影響到我的！」

劉慧喬趕緊上前拉開雅妃，現在大家都急、大家都害怕，但逼小薰是沒有用的，只會適得其反！

「不氣，不氣喔！」劉慧喬感覺到連薰予的微慍，「雅妃膽子一向比較小。」

連薰予不在乎這些理由，「我想去看林雲芸出事的樓梯。」

再怕，大家在一起似乎能比較不擔心。

曹怡芝相當愧疚，大家也實在不忍苛責，一群人再度往林雲芸出事樓梯移動，連薰予可以感受到明顯的注目禮與交頭接耳，護理師們更是多看兩眼。

「聽說嗎？是 5311 那個病人走了！」

「我聽說上次來探病那個嗓門超大的也車禍喪生了！」

「醫院就是不能喧譁，看吧！」

連薰予回眸看了劉慧喬，「你們真受歡迎啊！」

「呵呵。」劉慧喬只能乾笑，這種歡迎一點都不好。

「我……我可以不要去嗎？」到了路口，曹怡芝停下腳步，「那邊我不敢……樓梯就在阿樹爺爺病房的斜對面。」

周士興遲疑，「妳可以幫我們指出是哪個人嗎？」

「高大的男人，禿頭又很肥，肚子很大非常粗俗，一看就知道。」曹怡芝顯得很畏懼，「他們都認得我，也很討厭我去陪阿樹爺爺聊天……拜託你們不要跟他們講我聽到的事……」

「妳躲……」劉慧喬本來想說妳躲不掉，萬一最後證實林雲芸的死不是意外，曹怡芝早晚要作證啊！

不過周士興突然拽她的手示意不要多說，沒見到曹怡芝已經很害怕了嗎？這樣逼她，說不定她最後還會改說辭。

「那我們去看，妳……妳先回去照顧妳爺爺吧！」陳淑倫也很懂事，「我們等等一起吃飯好嗎？」

曹怡芝抹抹眼淚點頭，突然一怔。

「啊對，昨天我跟林雲芸聊天時，她有問我她隔壁床之前住了誰，我答應幫她問的。」曹怡芝謹慎地張望，確定附近沒有護理師後，往前低語，「我問了，之前也是一個車禍住院的女生，截肢後狀況其實很穩定。」

連薰予打了個寒顫，「左腳嗎？」

「咦？」曹怡芝驚愕，「妳怎麼知道？」

眾人腦海中浮現著小貝最後的樣子，那毀掉的容顏與失去的左腳。

「很穩定怎麼會……」劉慧喬再問，追小貝的應該不會是人啊！

只見曹怡芝轉了轉眼珠子，用手指比劃跳躍的手勢，由上而下……咻……

「跳……」雅妃說一個字，立即噤聲。

曹怡芝點點頭，「聽說很正，又是麻豆，所以她不能接受自己的殘缺……」

「從哪裡？病房裡嗎？旁邊那扇窗？」連薰予急問。

「……對。」曹怡芝看著她，有些佩服，「妳好厲害喔，為什麼都知道？」

「五樓也會……翻床無效嗎？」陳淑倫緊皺起眉，「天哪，對不起對不起！」

想起自己跟小貝同坐在那張床上，而今小貝被帶走了，那女孩也要她的左腿嗎？

「我先回去看爺爺了……」曹怡芝雙手合十再度拜託他們先不要說，不要說她聽見了什麼、更不要說出她協助林雲芸上輪椅的事後，焦急地轉身離開。

「遲早要說的吧？」雅妃望著她瑟縮的背影，「雲芸的事不能怪她啊。」

「我覺得林雲芸的家人沒那麼好處理，不過應該說到底都不會怪曹怡芝。」劉慧喬無奈地聳肩，「總是誰錢多告誰。」

醫院跟一個照顧爺爺的乖巧孫子，再怎樣也是要告醫院啊。

「不過如果推說是護理師疏忽的話，護理師跟曹怡芝之間，可能倒楣的還是曹怡芝。」陳淑倫倒是中肯，「我最先到，我有看見林媽媽對著護理師叫囂，如果法律允許，她說不定已經殺掉護理師了。」

劉慧喬突然看著連薰予，看得她發毛。

「幹麼？」

「我記得妳姊姊是律師對吧？」劉慧喬劃上微笑，「到時就靠妳了！」

連薰予微微頷首，撇除迷信不說，姊當律師還真的挺有一套的。

逼近阿樹爺爺的走廊，陳淑倫低語著那個阿樹爺爺的狀況，子孫不許拔管的情感掙扎，怡芝爺爺失智後仍在找尋室友聊天，遺憾今天房門緊閉，看不到任何狀況。

救救他。

整間醫院都是待救的人，會是阿樹爺爺嗎？還是其他人呢？握著她手的人說不定已經死去，也不該是救他啊！

來到那沉靜的樓梯間中，原本就少有人行走的樓梯再加上命案，自然是靜謐。連薰予要求大家不要進來，她自己獨自走入，看著封鎖線，還有樓梯上的血跡與碎掉的殘餘石膏塊。

她嘗試著想往下走，腦中卻突然閃過一種警訊，讓她倏地往上看！

全身綁滿紗布與繃帶的人就站在上面。

男人歪著頭僵硬的看著她，再往上看，往六樓的樓梯上，有著一張比一張慘白的臉，每個都穿著醫院的病服，用無神的眼神看著她。

唯有幾個嘴角勾著冷笑，還有幾許的嘲諷。

『她掉下去了……』上頭的男人聲音很低，『砰砰……喔喔，斷掉了，斷得好慘……』

然後，他邁開步伐往下，十分吃力，彷彿患有僵直症，或是他無法彎曲自己的關節般。

『救他……快點救他……』男人低沉緩慢地說著，『他們在找……替身，替身。』

男人裹著紗布的手吃力地舉起，連薰予可以看見其下潰爛的肉塊一塊塊滴落，他指向她的左後方，顫著食指。

連薰予回眸，樓梯口走廊內，聚集的是她的同學們！

替身。

她沒有再回頭，而是筆直走向大家，推著大家往走廊裡去；此時阿樹爺爺的病房門打開，走出幾個看起來既忿怒又在哭泣的女人，還有一個男人。

「小薰？」劉慧喬想問些什麼，連薰予卻只是疾步往前。「小薰！」

連薰予走得飛快，大家得變成快走，她的速度只是讓大家更加慌亂，周士興卻拉住劉慧喬，叫她不要追喊，沒見到小薰臉色很難看嗎？

「她一定是感覺到什麼了，給她點時間空間啊。」周士興總是體貼。

「好吧……」雖然很急，也不該給連薰予壓力，「所以是回雲芸病房嗎？那我先去洗手間一趟！」

他們旁邊正巧就是洗手間，陳淑倫見狀就說要陪著劉慧喬去。

剩下的人一路走回林雲芸病房，回去後還來不及問什麼，因為病房裡多了一個人。

「嘿！」阿瑋看著大家進來，「我聽說你們早就上來了啊！」

連薰予完全不想踏進病房一步了。

「你怎麼跑來了，還行嗎？」周士興用拳頭輕捶他。

「還是得來啊，我下班不敢回家直接來的。」阿瑋正在忙收拾，「我來晚了，林雲芸已經送走了。」

「有那個心就很好了！」陳淑倫哀傷地搖頭。

阿瑋梭巡一圈，沒看見連薰予，低聲問著劉慧喬，才知道她剛去看了林雲芸的出事現場後，一句話都沒再說過。

連薰予在林雲芸的病房外靠著牆，那種不適感又來了，強大的直覺叫她立刻離開醫院，此地不宜久留！

走！走！走啊——喝！

連薰予嚇得睜眼，倏地向右邊的長廊看去！

在那長長的走廊上，曾幾何時所有人竟不約而同的往她這邊看了過來，或老或少，或病患或家屬，甚至連醫生與護理人員，都用空洞的眼神朝她這邊看來！

這是什麼？連薰予緊繃著身子，這不合常理啊！

『我喜歡那個綠衣服的女生。』

聲音驀地自正前方傳來，連薰予只差沒尖叫，她的正對面白牆前，站著一個穿著紗裙的女人。

看起來並無異常，長髮柔媚，妝有點濃，連身裙帶出好身材，還有一雙高到嚇人的跟鞋。

綠色衣服，今天陳淑倫跟劉慧喬都穿綠色的。

連薰予沒有回應，她知道不該回應……這個人毫無生氣，再漂亮，她都該知道不是人。

『她坐了我的床。』美女聳了聳肩。

那不是小貝嗎？連薰予立刻看向她的左腳，看起來好好的啊！

『超級吵，討厭死了。』女人勾起微笑，『先搶先贏吶。』

連薰予汗溼了背，突然意識到自己也靠著牆——可惡，這是大忌之一，因為許多往生者都是通過牆邊行走的！

起……她動不了，起來啊！

「欸，小薰！」阿瑋門一拉開就湊近，「我給妳看個東西！」

餘音未落，連薰予整個人居然往前撲，踉蹌地往前跳了好幾步，差點撞上對面。

阿瑋愕然地站在原地，完全不明白。

「哇……」連薰予好不容易穩住身體，她剛剛拚命想起來卻黏住，阿瑋一出來立即鬆開，才讓她形成往前撲的窘況。「哇塞！」

她轉身看向阿瑋，一樣是一片混沌，是個絕對不該接近的傢伙。

結果，他還強壓過這醫院的負能量嗎？

「妳怎麼了啊？」

「沒事，沒事。」連薰予還得跟他道謝咧，「給我看什麼？」

「我室友，妳知道的，就那個。」阿瑋滑開手機，「這是今天在餐桌上的水漬。」

照片勉強拍下快乾的水痕，但還是很清楚的看見了數字。

「這是今天的日期。」連薰予看著數字，無數感覺湧上，「今晚，是今晚——結算日嗎？」

她驚愕地看向阿瑋，原本不會、也不該到醫院的阿瑋也出現了，這樣一來，之前來探病的人幾乎全員到齊了。

林雲芸的死，究竟是意外還是陷阱？

「走！」她圓睜雙眼，「大家都快點離開這裡！」

「嗄？」阿瑋丈二金剛摸不著頭腦。

「走啊，快點離開醫院，我們找間廟都好……我問我姊！」連薰予慌亂地拿起手機要傳LINE，不遠處卻傳來跑步聲。

「小薰！」劉慧喬在走廊上小跑步，「陳淑倫回來了嗎？」

什麼？連薰予覺得全身發寒，向左看著從轉進走廊奔來的劉慧喬。

「妳們不是去廁所嗎？」阿瑋才到也知道。

劉慧喬氣喘吁吁地跑來，她的叫聲引起了病房內的注意，周士興即刻開門走出

「我們是啊！我在外面等半天她都沒有出來，結果我才發現她沒在廁所裡啊！」劉慧喬瞄向周士興，「陳淑倫沒在裡面？」

「沒有……」周士興一愣，眼神立刻瞟向連薰予。「糟了！」

「我們去找！」劉慧喬轉身就跑，周士興跟在她後面。

「問護理站，從那邊走到這裡一定要經過護理站的！」連薰予不忘大喊。

這陣騷動引起注意，雅妃嚇得從裡面跑出來直問怎麼了，阿瑋簡述了一下，雅妃又哭了起來；連薰予要他們沒事的人現在馬上離開醫院。

「你晚上也別回家，說不定室友也在等今天。」連薰予迅速往前，現在的她，覺得整條走廊的人都令她覺得怪異。

他們是在看著他們，或許因為剛剛劉慧喬的大喊，或許因為他們小跑步，但更多的……她覺得他們像是在盯著獵物！

衝出走廊再右轉，經過一段走廊再右轉回到護理站及電梯前，劉慧喬跟周士興也奔了過來。

「有人看見她進電梯了！淑倫不是那種不通知就落跑的傢伙！」劉慧喬深知同學的為人，「小薰，妳覺得她是往上還是往下！」

往上還是……連薰予看著眼前三座電梯，覺得自己在飄浮。

「上。」她幾乎沒思考，直覺的回答。

周士興即刻按下往上鈕，電梯非常神奇迅速的抵達，門一開空無一人。

不，她不想進去。

連薰予看著那空蕩蕩渾身不對勁，她下意識的後退，走別的樓梯或許——咦！一股強大的拉力突然自左手傳來，那被人緊握的左手再度感受到冰冷！

有個人的手指重疊在那指痕上，猛然拉著她就往電梯裡拖！

「不——」她什麼都來不及叫，直接就進了電梯，而因為她帶頭，同學們也只是恐懼慌亂的跟著跑而已！

好痛！看不見的力量緊緊掐著連薰予的手，她覺得手骨都要斷了，人塞在電梯的右邊角落，跟著進來的同學們都站在她前面，因為大家習慣讓出旁邊的位子，以防有任何病床推入。

雅妃第一時間就按了一樓，因為她想逃，越快逃離這裡越好。

「我們應該要去樓上吧？」周士興隨即按下十樓，畢竟這是往上的電梯。

「我想離開這裡！」雅妃瀕臨崩潰。

「一層一層找好不好，我們分開……」劉慧喬打陳淑倫的手機未果，「她沒接啊！」

動不了。

連薰予被壓在角落，左手依然被人緊緊握住，那個「人」站在她與劉慧喬的中間，壓著她貼壁，叫她動彈不得！

她緊閉起雙眼，連薰予甚至可以感受到那是誰，那是個花白頭髮的……老奶奶，兩鬢散亂，駝背，穿著一身深紫色的衣服，佝僂的緊握著她的手，站在前方等待著電梯向上——

六樓，電梯停下敞開，在門邊的周士興和雅妃往外望，護理站裡一整排護理師面無表情地看著他們，無人進出，電梯門關了起來。

七樓，又停，門一開護理站的護理師們早就盯著他們看，無一動彈，眼神似玻璃珠般毫無情感，依然無人進出，電梯門緩緩關上。

「我說他們看我們的眼神也太怪了吧！」劉慧喬不安地嚷著，「你有沒有看到啊？」

「看到了……」周士興回頭想尋求連薰予的意見，但是她卻只是閉著雙眼痛苦地站在角落。

八樓，再停，照慣例門敞開就是一排死氣沉沉的護理師們盯著他們，甚至還有路過的患者或家屬也停下，這一次劉慧喬不假思索拚命按下關門鈕。

「我覺得他們……那樣看我們是什麼意思？」雅妃咬著唇。「好像……好像……」

「我可以罵髒話嗎？」劉慧喬怒從中來。

「我覺得妳已經無聲地罵了。」阿瑋中肯地說，讓周士興忍不住噗哧笑了起來。

九樓，電梯再度停下，周士興的笑容變得僵硬，該不會又是一個無人進出的狀況吧？外面所有人冷漠地瞪著他們瞧，依然沒有人要進出電梯，劉慧喬氣急敗壞地壓著關門鈕，直到——嗶——

超載的聲響響起。

偌大的電梯裡，就只有他們五個人，但是螢幕上頭卻閃著紅字：滿員。滿……連雅妃都想起每樓的停下的電梯、敞開的電梯門，沒有人進出……真的沒有人進出嗎？

探病禁忌之一，如果在未滿的電梯裡聽見超載的聲響，就要立刻離開電梯——因為它已經滿了，只是你看不見！

說時遲那時快，滿載的電梯門居然用比平常更加快的速度關起來了。

「打開！」連薰予尖叫出聲，「阻止它！」

劉慧喬立刻按下開門鈕，但門根本不為所動直接關上——忽然，一隻手驀地擋在電梯門間，電梯門顫動一秒，不情願的朝兩旁敞開。

俊俏的臉蛋自電梯門縫中逐漸浮現，男人連擋下電梯門都有帥氣的 POSE。

「還呆著幹麼？走了啊！」

是小薰的那個同事！周士興立即拉著劉慧喬奔出，阿瑋推著雅妃往外走，連薰予在角落顫抖，忍不住的淚如雨下。

蘇皓靖搖著頭，用力壓了電梯門阻擋一下，大步跨入抓過連薰予的左手，直接往外拽出。

破碎的紅色機車，大腿骨折斷穿出大腿的短褲女孩、小貝被碾斷的左腿、驚恐尖叫中被推下樓的輪椅與林雲芸，樓梯上有雙男人的腳與鞋子；水塔裡載浮載沉的長髮女孩，紗裙開得像朵花，一截綠色的袖子。

橘色的娃娃鞋走過蹣跚的拖鞋與點滴架，枴杖與輪椅交錯，還有染滿血的各式透明繩子，瞬間纏住了她的手、腳、頸子跟身體——

「喂！」兩頰跟著被打上不輕不重的巴掌，連薰予瞬間清醒。

蘇皓靖雙手停在她臉頰上，索性用力同時往內壓，逼得她噘起嘴。

「我實在很不想說，關於 I told you so……」

「好了啦！」她無奈地皺起眉，「快點想想辦法啦！」

「想什麼辦法？就大方下樓從一樓走出去啊！」蘇皓靖鬆手，「走樓梯好了。」

「不行！等等——那劉慧喬他們怎麼辦？」連薰予趕緊拉住蘇皓靖。

蘇皓靖仰首，回身看向連薰予，再瞄向其他的人。

「讓他們自己解決啊，禁忌是他們犯的，不是妳。」蘇皓靖話說到一半，看著她僵硬的左手，「我說，可以放開了嗎？」

後面這一句，他口吻突然變得凌厲，眼神是瞪向連薰予的左前方……那個根本沒有人的地方。

劉慧喬跟周士興互看一眼，他們全都站在連薰予後面啊。

「好痛……」連薰予難受地說著。

「不是沒好好說話。」蘇皓靖二話不說，直接握住了連薰予的左手——那一瞬間，整層九樓的日光燈同步閃爍暗去！

這場景怪得令人不安，周士興緊握著劉慧喬的手往後退，待燈光再度亮起時，護理站已空無一人。

溫暖從左手傳來，連薰予下意識回握著，握著她冰冷已經消失，而且跟蘇皓靖握上她時，再度出現了之前曾看過的某種靛紫色的光芒。

他們每次接觸，似乎都能擋掉可怕的東西。

「你來這裡幹麼？嫌不夠亂嗎？」蘇皓靖突然看著阿瑋搖頭，「你其實宅在家最好了……唉，現在是怎樣？」

蘇皓靖說完就回首環顧四周，阿瑋被說得莫名其妙，指著自己問是惹到了誰？

連薰予瞬間變得清明許多，人也冷靜下來，緊緊握著蘇皓靖不想放開，她知道的，相同直覺強大的他們在一起，能力雖然加乘，但抵禦能力也是倍增。

「出不去了對吧？」她感受到整間醫院，「打從進來就覺得不對勁。」

「早知道就不來了，醫院這地方真是進得容易出去難。」蘇皓靖吁了口氣，鬆鬆領帶，「醫院的騷動源自於某個點，有一股力量在帶動亡靈甦醒，有的人意識到自己死亡、有的人回憶起不甘，探病的這群是引爆點，那個很吵的激怒了所有亡靈。」

周士興皺眉，「小貝嗎？那個斷腿的女生真的是那張床的……」

「嗯，坐人家床這就更沒話說了，我想那個女的有第一主張權，可以要她的左腿吧！」蘇皓靖深呼吸一口氣，目光落在雅妃身上，「綠色的衣服，不太像，妳是短袖的。」

那七分袖纖細的手——「淑倫！」

連薰予驚慌的回身看著電梯，陳淑倫剛剛上樓了。

「綠色衣服怎麼樣？淑倫也穿綠色的啊！」劉慧喬緊張地問，「那天陳淑倫跟小貝一起坐上那張床……」

「那張床很擠好嗎？你們以為病床是一年收一個病人嗎？」蘇皓靖搖搖頭，「陳淑倫哪位？」

「她去上廁所後就不見了！跟我一起進去，但我沒看到她出來！」劉慧喬趕緊說明，「她會去哪？小薰！她——」

水塔，像花一般飄浮的紗裙……連薰予抬頭向上看，吃驚顫抖。

「頂樓，水塔……陳淑倫可能上去了。」她喉頭緊窒，「但我不知道她為什麼上去。」

「她去水塔幹麼！」劉慧喬緊握著拳，「周士興陪我去找？」

「好！但妳等等——」周士興扳住劉慧喬肩頭，嚴肅的看著蘇皓靖與連薰予，「我們兩個呢？你們有感覺我們觸犯到什麼禁忌嗎？」

「不明確。」蘇皓靖說得直接，「或許沒有，或許被牽連，現在這裡想抓交替的傢伙不少，不一定要犯才有，自己小心一點。」

連薰予只能點頭，蘇皓靖說得一點都不錯，沒有明確的感覺，說不定只是不小心踩到一點點雷，但對這些想要抓交替的亡靈來說，什麼都能是藉口。

「我就覺得我沒犯！」劉慧喬倒是很確定，「我們去找陳淑倫，再保持聯繫！」

啊？聯繫——「喂，找到直接出醫院啦！不要聯繫了！」阿瑋大吼著，「那個電話不會通的啦！」

蘇皓靖跟連薰予默默看向他，同時遠離他一大步、再一大步。

「真清楚啊你。」蘇皓靖搖著頭，在這種氛圍下，這位同學帶來的黑霧，還是強龍硬壓地頭蛇啊！

「啊我有經驗啦！這種時候收訊超差！」阿瑋搔搔頭，「上次我騎過那個亂葬崗——」

「阿瑋！」雅妃揪著他的衣服，「不要說了啦！」

「對對，別說了。」蘇皓靖找著樓梯，捨去就近的這個，開始往走廊移動。「輪椅那個死在哪邊？」

「呃，位子應該要左轉！」

「好。」蘇皓靖才頷首，拉了她便走。

「為什麼要走那個樓梯……」連薰予緊張的喊著，「那邊很可怕，有……」

「有什麼好可怕的，現在那邊最值得走了。」蘇皓靖低首笑看著她，連薰予真佩服他的輕鬆。

「為什麼……林雲芸死在那裡！」緊跟在後的雅妃跟阿瑋也嚇得緊繃身子，這時候能不走樓梯就不要走吧！

「因為她沒有犯忌。」蘇皓靖迎視著走來的護理師，像雕像似的沒有表情，「她不是鬼殺的。」

不是鬼下手的樓梯，此時不走待何時呢？

陳淑倫用力抹去淚水，踩下了沖水閥。

望著這四方天的廁間，她說服著自己，做足心理建設與催眠，告訴自己不會有事，如果曾睡過那張床的「前人」現身，她會用盡氣力道歉，她坐上那張床時，真的沒想這麼多。

究竟事情怎麼會變成這樣？他們只是來探病的啊！

不想輕易外顯自己的脆弱，陳淑倫將淚抹淨，這才走出廁間；扭開水龍頭洗手時，特地看著自己的樣貌，幸好沒有哭得很腫。

「劉慧喬，我到外面等妳喔！」她說著，卻從鏡裡發現廁間似乎沒有紅格，「劉慧喬？」

回身看著，廁所裡只有她一個人喔？

趕緊走出廁所外，原本以為會看見劉慧喬在外頭，結果左顧右盼卻沒人。

「搞什麼啊？走也不說一聲。」突然落單的她有點緊張。「大家幹麼這樣……」

直覺地拿出手機，她加速往林雲芸的病房走去。

「妳朋友他們剛剛好像收到什麼緊急的電話！」廁所斜對面的走廊上，一個穿著紗裙的女人看著她，相當時髦的女人，肩上還背著香奈兒。

「呃，我朋友……」

「一大群吧，說什麼樓上的就一起往前奔了。」她聳聳肩，「我聽見他們說頂樓，馬上上去之類的。」

「頂樓？」陳淑倫錯愕非常，「無緣無故去頂樓幹什麼？發生什麼事嗎？」

「我也不知道！」女孩跟著旋了腳跟，與她同一方向往前走，「要去嗎？我對那邊還挺熟的！」

「妳……」陳淑倫禮貌地笑著，「妳看起來不像病患耶！」

女孩笑了起來，從包包裡拿出菸盒，陳淑倫立刻了然於胸。

真是個漂亮的女生，看起來應該差不多歲數，但十分時髦，綁帶紫羅蘭跟鞋，半透明的混色紗裙，上衣緊身蕾絲，襯出那好身材。

「謝謝妳喔！」

「剛好聽到而已，而且我也要上去抽菸。」女孩滿不在乎地往前走，體態婀娜。

她們轉進護理站，女孩主動按下了電梯鈕。

「我知道你們，就探病很吵的那群。」女孩挑了眉，「我叫 Lucy。」

陳淑倫默默眼神死，真是好事不出門，壞事傳千里，這裡距林雲芸的病房很遠啊，居然大家都知道。

「抱歉，我同學……比較冒犯了。」而且，也已經走了。

電梯由下而上，等待的過程中陳淑倫不停使用 LINE 詢問，但是全部都是傳不出去的狀態，直接撥打電話，也是有通沒人接，到底在幹麼啊大家！

對於被扔下，她相當不滿也不安，明知道她現在也是犯忌之身，怎麼還……

「咦？妳要走了嗎？」背後傳來熟悉的聲音，陳淑倫回頭，是在護理站的曹怡芝。

「不是等等要去吃飯？」

「啊，沒有！我是要去樓上！」陳淑倫說著時，電梯抵達。

她刻意沒講頂樓，是她記得醫院頂樓應該不是那麼容易可以上去的啊。

「為什麼要去樓上？」曹怡芝顯然覺得很怪。「那邊有什麼？大家不是都在五樓？」

Lucy 逕自走進電梯裡，甚至動手拉過了陳淑倫，「走了。」

什麼？曹怡芝直覺伸出手想拉住陳淑倫，但是她已經被踉蹌地拽進電梯裡了，「我也不知道，但是他們都去樓上了！我先上去找他們喔！」

Lucy 拚命按著關門鈕，用冷酷的眼神瞪著曹怡芝。

曹怡芝皺眉不解，看著陳淑倫趁機用嘴形說出「頂樓」兩個字，更加困惑。

「不，等等……」她趨前按下鈕，但是電梯門居然沒開。「去頂樓幹麼？頂樓不是封住的嗎？」

困惑地旋身，她走向護理站，「抱歉，我爺爺一直咳嗽，可以幫忙抽痰嗎？」

正在寫字的護理師抬頭看著她，若有所思。「妳還沒走啊？」

「我今天有空，我爺爺很難受，拜託你們幫我。」

護理師回頭看向其他人，大家交換著眼神，最後有一個人終於往裡走去。

「謝謝！抱歉一直麻煩你們，今天我要來，所以我沒讓看護過來。」曹怡芝喜出望外地要先回病房，不安地回頭再看了眼電梯。

那些人為什麼要去頂樓？而且陳淑倫又為什麼會落單呢？她歪著頭不解，先等爺爺舒服點，她再去找他們好了！

※　※　※

「要嗎？」

Lucy 遞出菸，陳淑倫搖了搖頭。

她站在風勢甚大的頂樓上，覺得天色詭異得叫人害怕，仰頭看天，就算夏天天色暗得慢，但現在也要八點了，為什麼天空是一片沉重的鬱紫？

隱約的雷電在雲層中閃爍，那是種壯麗卻令人膽寒的美。

「我要去找我同學了。」陳淑倫說著，因為頂樓淒涼得驚人，「頂樓只有這一片嗎？」

「嗯哼。」Lucy 應著，按下打火機，橘火燃燒著菸。

看著她點煙，小外套的袖子向後移動，陳淑倫才看見左手腕上的手圈。

她真的是病患，再度打量上下，她沒穿醫院病服啊，看上去也很健康，不知道是生什麼病啊……

偷偷想看清楚手圈上的名字，但她點菸完就放下手了，看不清。

Lucy 吐出煙圈，看上去心事重重。

陳淑倫也不想待太久，她抵著風轉身，放眼望去，根本沒看到人影啊！

「劉慧喬？雅妃！」她扯開嗓子，開始往左邊走，那邊有好多水塔擋住視線，「小薰？周士興？」

彎身閃過水塔，一樣是空無一人，她越覺得不對勁……她怎麼會聽信一個陌生人的一面之詞就跑上來呢！

不行，她該下樓！先回林雲芸的病房再說！

回身奔出水塔下方，她準備衝進醫院大樓裡時，卻赫見十數人不知何時竟都上來頂樓了！

咦？她倉皇地望著穿著病服的人們，全是病患，或吊著點滴、或拄著枴杖，或是包紮滿滿，幾乎包圍了她，甚至堵住出入口。

「對不起，借過。」陳淑倫硬著頭皮想往出口走，但圍繞著她的人卻同步上前，甚至靠著身體擺明了不打算讓她過！「……你們！」

她回身朝著在鐵網邊抽菸的 Lucy 看去，她早已轉過身，看著驚惶的她。

水塔……小薰的聲音響起，陳淑倫想起連薰予的喃喃自語時，曾說過她看過的影像，水塔！

抬頭看向水塔，就是這裡嗎？她——是看見她嗎？

「妳是誰？」陳淑倫恐慌地轉向 Lucy，「妳想幹麼！」

「囂張的探病者。」Lucy 手指夾菸，冷冷笑著，「真是每個看了都不順眼。」

「我們不是故意的……」陳淑倫緊張地望著 Lucy，「妳是……妳是人還是鬼？」

Lucy 舉起左手，那白色的手圈晃動著，「妳說呢？」

陳淑倫皺眉，她不懂，那手圈只是代表她是病患啊！

「我們吵到你們了嗎？我道歉，我一直都有勸阻我同學，但是……她也已經出事了啊！」陳淑倫忍不住哽咽出聲，「我們真的不是有意的！」

Lucy 再踏出一步，哭泣的陳淑倫看見她的左腳上，那綁帶涼鞋腳踝上居然也有一圈白色的識別環。

「知道這什麼嗎？」Lucy 擺出漂亮的模特兒姿勢，左腳伸得很直，怕陳淑倫看不見似的。

「識別環？」陳淑倫錯愕，這是讓醫護人員給藥時再三確認用的，但是她不知道腳上也要繫啊。

「是啊，看看……我叫 Lucy，二十三歲……」Lucy 望著自己的左手手圈唸著，「同手同腳都綁上的，只有一種病因。」

陳淑倫立即環顧四周，逼近她的患者們，每個人都一樣，手腳均有識別環，而且一如 Lucy 說的是同手同腳！不一定左或右！

但是，他們每個人的病徵看起來都不太一樣？

「這是死人的代表——」Lucy 彈掉菸蒂，「誰叫妳要坐上我的床——」

什麼——突然間，有人自後面拉住了陳淑倫的頭髮，有人扯住她的衣服，陳淑倫回頭看去，腐爛敗壞的臉，斷掉的手或腳，還有被壓扁頭顱或是垮掉的胸腔，每個患者都用那血肉模糊的死狀對著她！

同手同腳，代表的就是送進太平間啊！

「不不不——我就說不是故意的了！」陳淑倫死命掙扎，咬著牙踢掉抓著她頭髮的人！

慌張正首，眼前的Lucy卻沒有那可怕的模樣，她是怎麼死的？心臟病發？還是……

『她坐的是我的床，是我的！』Lucy咆哮著，陳淑倫閃過她，往她身邊衝向水塔。

「小貝呢！小貝也坐了妳的床，那個要去她左腿的人是誰！」

Lucy鑽過水塔下，一個沒有下巴的女人倏地伸手抓住她，嚇得她驚叫，才發現另一邊也湧來了更多的「患者」！

「小薰！劉慧喬！」陳淑倫哭喊著，她根本無處可逃，這裡到底是哪裡！

抓住身邊的樓梯，她只能往上爬，那是通往水塔上方的工作梯，但已經是她唯一的路！說不定連薰予感應到的景象，是救命避難所啊！

『那個沒有左腳的我才不要！』Lucy竟倏地已在她下方，仰頭望著她，『我喜歡跟我很像的人，我們都喜歡故作堅強呢。』

「我不堅強，啊啊……救命！雅妃——」

啪，Lucy抓住樓梯，竟也開始往上爬，她的腳甚至不需要踩住樓梯，單靠兩隻手像大力士般迅速地往上攀去！

「啊啊啊！救我！我不要死！」陳淑倫尖吼著，「我都說不是故意的了，為什麼非要這樣對我們，就不能讓我用別的方式補償嗎？」

眼淚模糊了視線，垂直樓梯爬起來辛苦，但逃命時一點都不累，陳淑倫迅速爬了上去。

水塔高大，盡頭似乎遙遠。

砰磅——頂頭大門被撞開，周士興踉踉蹌蹌衝了進來。

「陳淑倫！」劉慧喬不可置信地看著在上方的她，「妳在上面幹什麼？」

喝！陳淑倫嚇得往下看，從入口竟又衝來更多的患者，斷手缺腳地湧向她的水塔！

「陳淑倫啊！」頂樓暗得誇張，周士興拿著手電筒往上照，「陳淑倫！妳在幹麼，下來啊！」

他們不安地看著漆黑的頂樓，還是手牽著手往水塔下奔去，劉慧喬甚至抓了飲料罐，直接往水塔上扔去。

「陳淑倫！」

「哇呀——」陳淑倫只看到一顆頭砸上水塔，驚聲尖叫，加速她往上爬的速度而已。

「她在幹麼啊，為什麼越爬越上面！陳淑倫妳是有沒有聽見啊！」劉慧喬氣急敗壞，

「我上去找她！」

周士興即刻按住她抓住鐵樓梯的手，「要去也我去好嗎？」

「她穿裙子妳去什麼啦！」劉慧喬嘟囔著，「走開！」

「她穿……劉慧喬，現在是計較這種事的時候嗎？這麼暗我哪看得到？」周士興翻眼翻到外太空去了，「妳下來！妳爬不了這麼高，等等摔下來就麻煩了！」

周士興根本不管劉慧喬，直接從下方抱住她的腰，整個人抱下後，叫她負責打光，接著便迅速地往上爬去。

感受到鐵梯震動的陳淑倫向下望，看見的不是Lucy，是更多爭先恐後的患者，追著她而上。

「害我有什麼好處，妳已經死了啊！」陳淑倫哭喊著。手軟腳軟的發抖，但還是拚命加速朝上攀。

周士興留意到隨著他往上爬的動作，陳淑倫更加逃命似的也往上，察覺出那麼些許不對勁的停下動作。

「你在幹麼？」下頭的劉慧喬急得要命。

「我覺得……」周士興遲疑著，換左手握住，向右下看向劉慧喬，「她好像聽不見我們……」

話說到一半，周士興瞪圓眼留意到劉慧喬後方的黑暗中，出現蠢蠢欲動的影子。

「後面！妳後面！」周士興大喊著，「妳後面有東西！」

餘音未落，一股冰涼覆在他的手上。

周士興嚇得正首，一個人纏著鐵梯在就在他身邊，什麼樣子他看不清，但他知道對方抓住他的手，直接把他的左手扳了開——咦咦咦！

「哇啊啊啊——」

腳根本來不及勾，周士興雙手失去了抓握，整個人往後方墜落。

「咦——周士興！」劉慧喬尖吼著，直接衝上前要接住周士興，但是地上莫名一雙手抱住她的腳踝，連反應都來不及的直接把她向後扯去！

「呀——」

※　※　※

蘇皓靖完全無視什麼醫院走廊不許奔跑的警語，也不管側目的醫護人員或是家屬，他一路往下回到五樓，過程順到連薰予不敢置信；阿瑋跟雅妃緊緊跟隨，絲毫不敢鬆懈，直到踏上五樓地板。

「哇……」連薰予緊張地看著他，「你都……不怕的耶！」

「怕做不了事，怕在樓梯間待的時間越久，待得越久越有變化。」蘇皓靖放慢腳步往前走，視線忍不住往左前方看。

很妙的，他看的似乎是阿樹爺爺的病房。

「你該不會也知道阿樹爺爺的事吧？」連薰予輕聲地問。

「阿樹爺爺？」蘇皓靖皺眉朝她瞥了眼，「我是第六感又不是天眼通，只是那間感覺不太好。」

雖然感覺不太好，蘇皓靖還是往前，門是緊閉著，他站在門口，眉頭越蹙越緊；背後的阿瑋他們靠得很近，連薰予趕緊回頭叫他們隔出距離，其實雅妃沒什麼關係，但阿瑋太近會影響他們。

「真令人不快。」蘇皓靖退後兩步，轉身繼續前行，「很痛苦的病房。」

「阿樹爺爺嗎？他有沒有意識啊？」連薰予趕緊解釋，「我們偶然間認識的爺爺，簽了放棄急救書卻被子孫綁住，插管昏迷。」

「負面情緒很大的地方，盈滿痛苦暴躁，沒事還是不接近，徒增悲傷。」蘇皓靖突然回頭瞄向雅妃，「所以你們兩個都有犯禁忌嗎？」

此話一出，阿瑋跟雅妃雙雙止步，嚇得支吾其詞。

「我就帶室友回家了啊……」阿瑋還是無奈，「有辦法讓他走嗎？」

「你沒犯禁忌也能帶室友回家的，跳過。」蘇皓靖指向雅妃，「妳呢？」

「我……」雅妃緊蹙著眉，「靠牆走算不算……大家都會靠牆走啊！」

嗯哼。蘇皓靖頷首，他們走到護理站邊了，連薰予指向前方，他們等等要右轉。

「這裡真是沒一處好地方啊……」蘇皓靖收緊手上的力量，「妳呢？感覺怎樣？」

「打從一進來我就想逃啊！」連薰予實話實說，「尤其是現在……整間醫院都很不對勁，每一個人。」

「最好大家都是人。」蘇皓靖語出驚人，不等眾人消化他的意思，立即請雅妃重演當出的情況。

雅妃瞠目，「現在？」

「是啊，現在！妳怎麼靠牆的？」

「我不要！」雅妃直接尖叫，「我要是再靠牆一次，那我豈不是再犯一次禁忌！」

「雅妃！」連薰予欲上前勸說，手卻被收緊，再往蘇皓靖身邊靠。

咦？她回眸，他不讓她走？

「靠牆也是禁忌真的很爛，我都不知道靠幾百次了。」阿瑋搖搖頭，不知道說真的，還是替雅妃緩頰，就近往身邊牆壁就一靠——「哎！」

立刻差點撞上老人家。

「對不起！對不起！」阿瑋跳了起來，趕緊扶住老人，連雅妃都尷尬地看著差點跌倒的老人家。

「看路啊你，在幹麼！」老爺爺右手撐著邊扶桿，低斥著，「這裡是讓我們扶著走的，你擋這兒做什麼？」

「抱歉抱歉！」阿瑋再三行禮，雅妃上前為老人家……

「咦？你是怡芝爺爺！」雅妃認出來了，「你是曹怡芝的爺爺對不對？曹怡芝！」

老人家皺起眉看著雅妃，突然一笑，握住雅妃的手臂，「怡芝啊，妳來了啊！」

欸……大家默默交換眼神，曹怡芝說過，她爺爺有失智症，敢情現在是把雅妃當孫女了。

「不是，爺爺，我是曹怡芝的朋友……您為什麼又這樣走出來？這樣是可以的嗎？」雅妃焦急地攙住老人家，就怕他跌倒。

「走！我們走！怡芝！」老人家拉著她想往前，「阿樹咧，帶我去找阿樹！」

「阿樹爺爺啊……」雅妃下意識往遠處看，他們的確知道阿樹爺爺在哪裡，但是曹怡芝遲遲不帶爺爺去是有原因的。

因為阿樹爺爺已經無法再與爺爺聊天了啊。

「我們先回去好不好？你這樣萬一跌倒，怡芝會難受的。」雅妃勸說著，請阿瑋協助。

「是啊，爺爺，我們先回去……」

連薰予看著爺爺，彷彿聽見了笑聲，兩個老人家坐在床上，病房的桌上擺著偷渡進來的酒，說著當年的豐功偉業。

「帶他去吧……」連薰予沒有思考的嘴迸出這幾個字，「他找朋友這麼久了，就讓他去吧。」

雅妃跟阿瑋有點詫異的看著他們，但現在幾乎唯他們之命是從了！「輪椅，阿瑋你去幫我拿輪椅，在5342房。」

「我們去好了。」連薰予拉著蘇皓靖即刻轉身。

他倒沒有反對，任連薰予拉著走。

「我在電梯裡時，被一個病患拉住手的，但我看見的是已往生的模樣。」她舉起被蘇皓靖握著的那隻，「對方說著請救救他……阿瑋的室友也這麼說過。」

「他還跟室友聊天啊，哇！」蘇皓靖有種佩服感，「救救他，不是說救救我——」

電光石火間，蘇皓靖突然抬頭向上看，連薰予在一秒後跟著震顫身子。

他們聽見了尖叫聲，有人從高處落下，但及時用手攀住什麼，身體在大桶子上撞擊，發出某種令人心驚膽戰的聲響！

「喝！」蘇皓靖重新睜眼，看著自己寒毛直豎，「頂樓看來也沒好事……休想我會上去。」

連薰予全身瞬間迸出冷汗，那種像危機天線的偵測令人痛苦發抖。

「劉慧喬出事了，他們一定……」

「我們管不了這麼多，每件事都要管，妳是怎麼活到現在的？」蘇皓靖不悅地責備著，「要不得的直覺，好處沒撈到，壞事一籮筐，我閃都來不及了妳是怎樣？」

「我也閃啊，但這次是我同學……到了！5342房！」連薰予止步，拉著蘇皓靖往病房裡去。

他們有種不道出的默契，兩個人死也不鬆手似的。

「陳玉芳。」蘇皓靖喃喃唸著上面的名字，「這怎麼聽都是女的啊。」

「……名字又不一定代表性別。」連薰予進入病房時，裡頭無人，被子掀開紊亂，輪椅就在牆邊。

似乎到了不得不鬆手的時候，兩人互望著，蘇皓靖只有聳肩，鬆開了一直握著的手，他上前拉過輪椅，突然間一顫，頭暈不穩地往旁倒去，連薰予急忙拉住病床，另一手好扣住他——

『快點！急救！』

『CODE BLUE！BLUE！』

『沒有呼吸了，電擊！電擊器呢？』

病床邊的螢幕一條線直線延伸，嗶——心跳停止的長鳴傳來，醫護人員圍著床，病床上戴著氧氣罩的老人家再也沒有反應。

『死亡時間，凌晨兩點零三分。』

蘇皓靖瞪圓雙眼朝床尾板子看去，老人家的名字是「曹全」。

嗶——連薰予狠狠倒抽一口氣，眨了眼回神到現在，眼前是撐著牆的蘇皓靖，他們緩緩互望一眼，再同時回身看向連薰予拉著的病床。

病床旁的螢幕，顯示著無心跳，發出長鳴聲。

「馬的！」蘇皓靖搖著頭，輪椅一甩，直接就衝了出去。「什麼叫失智病弱啊！」

「蘇皓靖！」連薰予急起直追，「你不要這樣！」

喊叫與奔跑讓在原地等待的雅妃錯愕，眼看著蘇皓靖奔來，直接把雅妃請到一旁，二話不說拉起老人家的袖子，在他的左手看見了手圈。

蘇皓靖笑看著老爺爺，「爺爺，你叫陳玉芳啊。」

「啊？」老爺爺嗄了好大聲，「我找阿樹仔啊！」

「喂，衰尾的，你看他的左腳有沒有也綁腳圈。」蘇皓靖喚著阿瑋。

阿瑋指著自己，「什麼衰尾的啦，喂！這樣叫人很難聽！」

連薰予緊張地奔來，看著蘇皓靖握著老爺爺的左手，而阿瑋邊蹲下邊說歹勢，撩起爺爺的褲管。

左腳踝上，也繫著一圈環。

「我的天哪……」蘇皓靖鬆開手退後，「我今天就不該來！」

「怎麼了？你們為什麼這樣？」雅妃好緊張，老爺爺伸長手抓住她，又在喊要去找阿樹，「好好好，爺爺你等一下喔！」

阿瑋還在那邊唸腳環上的名字，起身對照左手，「一樣啊！都是曹全。」

連薰予蒼白的臉色向後退，她無法理解這是怎麼回事。

「那是曹怡芝的爺爺，她常常來看爺爺的不是嗎？」她問著不安的雅妃，雅妃只能點頭。

「她是去她爺爺『曾經的病房』，以為自己在照顧他吧？」蘇皓靖看著老人家搖搖頭，「老爺爺，你孫女呢？」

「啊？」老爺爺突然看向連薰予，「怡芝啊！」

連薰予噙著淚後退，慌張無助地向後伸出手，蘇皓靖默默握住。

「這是在幹麼？」阿瑋嘖的出聲，「我去拿輪椅好了。」

「不必了，他能走！應該能走得很好咧！」蘇皓靖一字一字的說，「只要他能意識到自己，早已經不在這個人世了。」

什麼？

雅妃跟阿瑋愣在原地，大腦接受到的訊息一時無法運作。

「往生者，才會在同手同腳上戴上識別環。」連薰予幽幽說著，「他不是活人。」

噫——雅妃嚇得鬆手，驚恐的看著老人家——

那天……她是在靠著牆打手機時，遇到老爺爺的！天哪！

※　※　※

「那怡芝是來照顧誰？」

剛把老人家放上輪椅的阿瑋認真地問。

不管怎麼說，老爺爺意識不到自己是個亡者，他就依然不良於行，行動不便，也沒有攻擊人的意圖，所以阿瑋還是去搬來輪椅，讓老人家坐下。

「所以是要救爺爺嗎？」連薰予根本沒在聽阿瑋說話。

「不知道……但是，事情跟他有密切關係。」蘇皓靖望著痴呆狀的老爺爺，一樣不須問為什麼，那是種直覺。

一看見老爺爺，他就有一種強烈的連結感。

「哇！嚇我一跳！」

二十公尺外，才轉進走廊的曹怡芝就被在路口的雅妃嚇到，雅妃魂飛魄散，她沒想到第一天見到的爺爺，就是因為她踩上禁忌才會看見的亡者：那循著牆邊扶手，一步步重複生前步伐的亡靈。

她不敢靠近爺爺，老爺爺又沒有消失的意圖，才躲到走廊口去。

這會兒看見曹怡芝，臉色更鐵青。

「妳……妳走開！」雅妃情緒崩潰地喊著。

這讓曹怡芝嚇到了，她不解地看著遠處的其他人，再看見爺爺，趕緊跑過來。

「怎麼回事？爺爺，你怎麼又下床了？」

「阿樹啊！阿樹……」老爺重複喊著朋友的名字，「人呢？」

「阿樹爺爺的兒子來了，我們不方便過去！」曹怡芝邊說，邊要接過輪椅，抬頭看到阿瑋時，阿瑋也用詭譎的眼神打量她。「怎麼了嗎？為什麼你們這麼看我？」

連薰予深吸了一口氣，「怡芝，爺爺的病房是幾號？」

「5342！」她蹙眉。

「妳要不要去看一下，那間病房上寫什麼名字？」

「咦？」曹怡芝有幾分的遲疑，但還是放開輪椅先奔過去。

就在同條走廊上的近末端，並不遠，大家看著女孩奔到 5342 房門口，沒有停留地再跑回來。

「爺爺的名字啊，曹全！」她回答得理所當然，「又怎麼了？」

「妳是自我催眠嗎？那間病房已經換過多少人了，上面寫的是別人的名字。」蘇皓靖突然出聲，「妳爺爺住院多久了？為什麼一直沒有痊癒呢？看護的電話是幾號？妳打電話問問看，他昨天有沒有來？」

「什麼別人的名字，就是我爺爺的名字啊！」曹怡芝從口袋裡拿出手機，「爺爺失智，沒辦法在家裡照護，所以我才送他到醫院，暫時不能回去！電話……看護……」

曹怡芝的手僵住了，她看著通訊錄上的紀錄，上一通電話的日期，是兩年前。

阿瑋大膽地湊上前，哇了一聲。

「不、不對，看護的電話……」她開始心慌地搜尋，「他叫什麼，阿文，對，阿文……」

輸入名字，找不到該位聯絡人。

「不不不，不對，還是我中間有換過？或是……」曹怡芝的手開始顫抖，淚水滑出了臉頰，她錯愕的盛接淚水，甚至不知道自己為什麼哭，「這是怎麼了……我怎麼……」

「兩年嗎？」連薰予溫柔地說著，「爺爺過世已經兩年了嗎？」

曹怡芝定住了。

她是真的如雕像般凍住，幾秒後才僵硬地抬首，看著站在她正對面的連薰予。

「妳在說什麼？我……爺爺，不是好端端的在這裡嗎？」曹怡芝吃力地向右後方看去，那坐在輪椅上的老人，對她泛出淺淺的笑意。

眼神清明，那笑容是如此的溫和慈藹。

「怡芝啊。」老爺爺開口了，「爺爺好像很早就不痛了喔！」

「不……不不！」曹怡芝激動地喘著氣，抓著輪椅要帶爺爺回病房，「我帶您回去，您累了，我昨天買了您愛吃的水果，我們啊——」

「有時候親人的執著，反而會讓亡者無法離去。」蘇皓靖沉著聲開口，「妳有沒有想過，爺爺為了讓妳繼續逃避現實，所以不得已留在這裡呢？」

「不——騙子！騙子！騙子！」曹怡芝抓緊手機，「我找給你看，我跟爺爺昨天才合照呢，他認出我時，我甚至錄了影！」

曹怡芝又哭喊著滑著相片簿，卻無論如何都找不到影片……怎麼會！怎麼會！

「那天晚上……妳聽到了吧？」連薰予放軟了音調，「心跳儀器的聲響，嗶──」

嗶──長而尖銳的聲響，此時此刻，彷彿從每一間病房裡傳出。

曹怡芝遙看向那爺爺的房間，爺爺的……

「5342！」

護理師匆匆掠過她身邊，5342……不就是爺爺的病房嗎？

她回身看護理師們衝進了她剛走出的病房，再驚訝的正首看向眼前的長廊，曾幾何時……爺爺的身影已經不見了！

剛剛爺爺明明還走在她面前的──衝到了櫃台區，她看著斜前方的電梯敞開，爺爺竟已步了進去！

「爺爺！」滑步衝向電梯但來不及，她拚命按著按鈕，電梯卻已經關起降下。「開門！爺爺！」

不不，爺爺不可能走這麼快，她該知道的，回身奔回爺爺的病房裡，一室通亮，爺爺果然沉睡著，睡容安詳。

嗚，果然一切都是錯覺，爺爺還在！她忍不住掩面痛哭，幸好，一些都是幻覺！幻……

「不──爺爺！」曹怡芝痛哭失聲的跪上地，回頭攀著輪椅，看著輪椅上的老人家，

「爺爺……不是！不可能的！」

那天晚上，病床上躺著安詳睡著的爺爺，醫生在旁靜靜地宣布死亡時間。

爺爺那時就已經走了！

老爺爺溫柔地拍拍伏案痛哭的孫女，輕輕地握著她的手。

『怡芝啊，阿樹仔呢？爺爺走不出去啊，幫幫爺爺好嗎？』老人家用磁性的低沉聲音說著，『沒有妳，爺爺離不開這裡啊！』

救救他……連薰予忍不住的與蘇皓靖交換眼神。

是阿樹仔嗎？那個被迫活下來，忍受插管痛苦的阿樹爺爺，才是醫院裡大家心心念念要救的人。

「姊……說過，有時人的想法強大，生靈也會造成傷害！」連薰予居然想起了姊姊的說辭，「如果阿樹爺爺具有意識又飽受痛苦的話——」

救救他，救救他啊——

快點救救那個全身挖洞插管的老人家，救他離開折磨的地獄吧！

# 第十章

她一直認為爺爺還活著。

曹怡芝哭得泣不成聲，最疼愛她，一手撫養她長大的爺爺只是失智生病而已，他應該還活得好好的！她選擇忘記那晚的兵荒馬亂，她把病危、急救的場景推到隔壁房的患者，這樣就能維持爺爺活著的假象。

自欺欺人，莫若如是。

只是她欺騙得很徹底，完全失去了理智，連記憶都不存在。

曹怡芝推著輪椅，帶著她的爺爺終於走出病房所屬的那條走廊。

她的思念與不捨困住了爺爺，讓爺爺即使死了也無法離開這條走廊，甚至連去看一眼好友都辦不到，只能日日夜夜在這條走廊與病房中徘徊；那日靠牆的雅妃，就這樣撞見重複練走的他。

樓層的病患越來越多，連薰予不是錯覺，她發現有許多患者都走了出來，而且都用一種豔羨或渴望的眼神盯著他們。

她緊張地握了握牽住的手，蘇皓靖不動聲色的只顧著往前。

「不要跟他們對視。」他低語。

雅妃由阿瑋攙扶，她恐懼得腳軟使不上力，捏著手機傳了無數的LINE，都沒人回應。

轉到阿樹爺爺的走廊上，那邊更多人了，蘇皓靖警戒心強烈的觀察，他開始有非常不好的預感，沒有觸犯禁忌的他們，似乎也被捲入了某種強大的「求生」慾中。

因為現在這股意念實在太強烈了，讓他覺得自己簡直像俎上肉，隨時會被人宰割。

「家屬在的話，是不是要溝通一下？」連薰予提醒著。

「他們很討厭我跟爺爺，我每次去找阿樹爺爺說話都是偷偷去的。」曹怡芝已哭腫了雙眼，「爺爺，你在等阿樹爺爺嗎？」

輪椅上的老人家點點頭，伸長了手想進去。

「我先進去問問。」曹怡芝深呼吸，鼓起勇氣敲了門。

叩叩，叩叩，幾聲叩門都無人回應，似乎剛巧不在？

「他們出去了。」一旁走來的老婆婆說著，「剛走，等等還會再回來。」

「啊……謝謝……」曹怡芝頷首，輕輕地推開門。

一陣冷風從裡頭吹出，風裡夾帶著嘆息，那聲音悲涼無比，直接進入連薰予的腦海裡。

「嗚……」

瞬間被感染得落淚，那是老人家的身不由己，老人家的痛與死不了的苦啊！

蘇皓靖穩住她的身體，用一種妳實在很嫩的眼神看著她。

他也能感受到抓狂的痛苦，但不會被輕易影響。

曹怡芝推著爺爺進入阿樹爺爺的病房，大家站在房門口，都能聞到些許的腐臭夾雜著尿騷味，想是褥瘡與排洩物的混合。

阿樹爺爺骨瘦如柴，爺爺還沒到病床邊就崩潰了。

『阿樹啊！』悲慟的哭聲，為了尚未斷氣的友人。

病床上的阿樹爺爺彷彿真的聽見似的，眼睛竟緩緩睜開，吃力的想舉起手，卻無論如何只能翹起一根指頭。

『阿樹！阿樹！』爺爺主動握住他的手，『你怎麼變成這樣？』

曹怡芝抹著淚，往外看過來，「我們可以拔掉插頭嗎？」

「不可以！」連薰予緊張地喊，「妳拔就叫謀殺了！」

「那這樣凌遲他，就不算犯罪嗎？」曹怡芝怒不可遏地吼著。

無自主能力，被迫躺在病床上，忍受著身上的傷口與痛楚，膿血處處，連死都做不到的生不如死，算不算犯罪？

「很遺憾的，不算。」蘇皓靖字字沉穩，「普世甚至稱之為：孝順。」

或因為愛與不捨、或另有所圖，在大前提下，不會有人在意躺在上面那個人有沒有感覺，他會不會痛，或是他想不想就這麼輕鬆離開；因為他還活著啊，能活著的話，那些痛楚與束縛，甚至褥瘡又能算得了什麼呢？

阿樹爺爺彷彿也聽得到似的，眼淚滲出了眼角，連下顎都顫抖。

「……痛……」彷彿在說話般，吃力地吐出字。

『什麼？你在說話嗎？阿樹！』爺爺也吃力地撐著床想起身，但相當困難，曹怡芝立即趨前。

看著這一幕，連阿瑋都困惑。

「那爺爺不是已經……」不是人了嗎？怎麼還這麼辛苦？

「不是每個人都能很快適應解脫後的生活，不然……」蘇皓靖隨便往他後面一指，「你以為那些患者在醫院裡在做什麼？」

連薰予打了個寒顫，她想起之前在公司電梯裡無法離去的亡者，被電梯夾死的人一直在那兒循環著被夾死的瞬間，他們哀嚎求救，拖著血痕在地上爬行著，的確像是不知道自己早已經不是人的事實。

『痛……很痛嗎？』貼在阿樹爺爺嘴邊的曹怡芝不住的淚如雨下，『我知道很痛，我知道……可是──』

無能為力啊！

阿瑋雖然也覺得悲傷，但是……他忍不住順著蘇皓靖回頭，為什麼人越來越多，還似乎朝他們走來了，而且他剛說這些患者怎樣啦！

「那個……我可以請問一下……」阿瑋小聲求救，「他們是不是朝我們包圍過來了？」

雅妃嚇得掩嘴嗚咽往阿瑋懷裡躲，連薰予即刻警覺，這是真的包圍，穿著醫院病服的患者全部朝他們走來。

「為什麼……有什麼事嗎？」連薰予不解地問。

「妳現在還以為他們是人嗎？」蘇皓靖沒好氣地唸著，看著逼近他的一個老人，「老婆婆，退後點，不必這麼近！」

現在還以為……連薰予倒抽一口氣，「他們都不是──」

「衰尾的應該很有感覺吧？像回家似的吧！」蘇皓靖擰眉，「我就說了，不該進來的，這醫院從上到下就沒幾個活人！」

「什麼？這是……這是什麼時候的事！」雅妃歇斯底里，「我要離開！我要出去──」

「出得去再說吧。」蘇皓靖扣緊連薰予，「喂，妳沒忘記我們接觸時會有點抵抗力吧？」

連薰予點頭如搗蒜，「我、我今天把我姊叫我帶的佛經什麼都帶了……」

從包包裡拿出顏色美麗包裝精美的小本佛經，蘇皓靖挑了挑眉，「給他們吧，我身上也有護身符！」

「阿瑋！」連薰予拋出一紫一金的小本經書，阿瑋手忙腳亂接過，趕緊塞給雅妃。

「這要怎樣用？」雅妃哭著問。

「唸啊！認真唸！專心一意！」阿瑋看來頗有經驗，打開就開始唸了。

逼近的患者們看著他們，臉上洋溢著詭異的光彩。

『我想要新的肝……』男人揭開自己的病服，腹部是一個黑色的窟窿，『給我一個肝。』

『給我妳的心臟吧！』一位媽媽哭著向雅妃捧著她破敗的心，『我有兩個孩子，他們不能沒有我！』

「哇啊啊啊！」雅妃哪能專心唸，她根本嚇得魂飛魄散。

連薰予左肩一個重壓，直接被向後拖走！

蘇皓靖趕緊拉住她，伸腳就往她背後的女人使勁踹去！

「啊啊……」連薰予開始意會到，這些亡者，那些在護理站裡的護理師，無生氣的臉空洞的眼神，「我們什麼時候進入他們的世界的？」

「不知道，妳靠近我一點！」蘇皓靖想拿東西揍人，但右手還必須拉著連薰予，有點難以施展。

「走開走開——曹怡芝！」阿瑋朝裡面大喊，曹怡芝回首還來不及說一個字，病房門居然直接砰的關上！「喂！曹怡芝！」

「怎麼回事！」門的那邊傳來扳門鎖的聲音，「開門啊！不要鬧！」

「沒鬧啊！是它自己關上的！」阿瑋試圖撞開，卻根本無能為力。

而且，他一邊要護著雅妃，另一邊還得留意渴望趨前的一位長輩啊！

「如果我們沒有意識到的話，那淑倫的失蹤、慧喬他們在頂樓——」連薰予背脊發涼，「全部都是陷阱啊！」

「現、在——」蘇皓靖拉著她往走廊較空的地方奔去，「先自求多福好嗎！」

「啊啊啊——」

一個花白髮的老奶奶猛然拽住了雅妃的手，又驚又喜地直接將她拖離阿瑋手中！

阿瑋及時抓住她的手，阻止她被拖走，老奶奶顯得很惋惜，又惱怒地抬頭瞪著他，

『你放手！你又用不著！』

「嗄？」用什麼啦！

連薰予回身，就與一個年紀相仿的女人面對面，相形之下對方就不客氣多了，伸手就想扯過她的長髮，若不是她先感覺到，只怕現在也被拽著走了。

蘇皓靖拉著她先往護理站的地方跑，連薰予回首吆喝阿瑋他們，蘇皓靖則「順便」把拉著雅妃的老奶奶撞開。

「揍下去就對了！」他大喊著，「趁他們還是病患的模樣，不必客氣啊！」

揍……揍下去？阿瑋遲疑不已，眼前都是患者啊，雖然知道不是活人，但他們或受傷或重症或缺手斷腳的，還有年長的爺爺奶奶，就這樣揍下去好像不太……

雅妃不穩的起身，嚇得追著連薰予背後去，她倒是聽話，對於那些伸手朝她索取器官的患者們，完全沒在客氣的。

「我們要去頂樓嗎？」被拉著走的連薰予憂心劉慧喬的狀況。

「妳瘋了嗎？這種情況坐電梯是找死吧？」蘇皓靖來到護理站與電梯前的寬大空間，護理師們在櫃台裡，照樣的面無表情，像看戲一般看著他們。

連薰予望著那玻璃珠般的眼神，嚥了口口水，「他們好像沒要攻擊的意思，不具威脅。」

「對，護理師沒有要出手的意思……麻煩的是這些已經病逝的傢伙。」蘇皓靖沉穩的環顧四周，「他們想要活，意念好強大……」

「你不是說這騷動是有人引起的嗎？我知道你說的，有什麼東西在驅動他們……或是激勵他們。」連薰予闔著眼感受著。

不過更強烈的卻是求救訊號，救救他……快點救救他啊！

如果該被救的是阿樹爺爺，那這種求生意念又是哪裡來的？想要活下去的意念如此龐大，進而牽動了醫院裡原本靜態的亡者們。

「阿樹爺爺其實想活嗎？」蘇皓靖完全無法連結，「他希望這樣活的話，沒必要搞這麼多招數吧？」

「醫院這麼多人，我們怎麼確定誰在求救？」

阿瑋踉踉蹌蹌地跑來，他連T恤都被拉破了，完全是人太好的結果，雅妃用顫抖的手捧著小本佛經開始唸，阿瑋則指著阿樹爺爺病房的方向。

「曹怡芝還在裡面啊！」

「她爺爺在！用不著我們擔心！」蘇皓靖看向他背後，「妳先管妳自己吧！」

壯碩的男子猛然由後跳撲衝向阿瑋，二話不說由後攬住他的頸子，緊緊扣住，雅妃尖叫地想繞進護理站裡，護理師們直接堵在入口，對著她搖了搖頭。

中立，他們哪邊都不介入。

連薰予瞪圓雙眼地蹲下身體，蘇皓靖則向右閃開，兩個人完美地閃過了意圖勾走連薰予的男子，緊接著蘇皓靖再猛然拉起連薰予，拿她當保齡球般的推向如風中殘柳的女孩。

意念在增加。連薰予可以感受到那份可怕的執著，而這份想法也讓想活下去的亡靈們力道變得更大

活下去，活下去，只要拿到可以替換的器官或部位，他們就以為可以繼續活下去。

「要停止這一些，必須關上源頭。」蘇皓靖突然將連薰予拉進懷裡，「試一下。」

咦？她根本來不及反應，直接就被摟進了他懷中——

他們身上迸出靛紫色光圈，瞬間彈開了上前要器官的亡者們，形成一種保護罩。

但他們現在並不在意那個，他們看見的是在這醫院裡流轉的生與死，出入的人們，來探病的陳淑倫等人，甚至更早之前，躺在林雲芸隔壁病床的女孩醒來後的歇斯底里，望著失去的左腿以淚洗面，終至翻身跳窗。

人來人往，時序再往前，進來的是那個穿著紗裙的女孩。

「小薰——」

雅妃被三個人拖住，伸手向連薰予求救，但是相擁的男女動也不動，阿瑋則自身難保，雅妃被拖往林雲芸病房的方向！

「放開我！放開——」手上的小佛經拿著卻唸不出來，她恐懼地哭喊著，雙腳被緊

抓著，完全掙扎不了。「放手！」

情急的扔出小佛經，當落在女人手上時，她恐懼的鬆手！

咦咦？雅妃意識到什麼，趕緊再拿起小本佛經，開始朝抓住她的亡者們揮去！

『啊啊！我只是要妳的腦啊！』女人握著燙紅的手喊著。

雅妃狼狽的爬起身，抓著牆邊的桿子站起，誰要給妳腦啊，她身上的器官一個都不想——唰！眨眼間她身邊居然聚集了老人家們，他們手都握著那牆邊的桿子，用蒼白的臉望著她。

『擋到路啦，年輕人……』

『這我們在走的，走開啊……』

糟糕！雅妃嚇得鬆手，她又忘記的靠牆了！

但才鬆開，立刻又被眼前的老人家壓回去，老奶奶笑看著她，從上打量到下。

『年輕真好啊，好多可以用的。』奶奶敲敲她的胸口，『心臟送給奶奶吧？』

「我才——」電光石火間，奶奶的手竟直接穿進了雅妃的胸口，「哇啊啊啊——」

沒有見血，那是無形的痛楚，雅妃眼睜睜看著那隻手彷彿穿透她的胸膛般進入她的心臟，然後她的心就被人緊緊掐握住。

好痛——她不能呼吸了，她的心臟！

不遠處的阿瑋遇到的亡者比較粗暴，男人要他的肝，壓在地上徒手就想撕開他的腹部，結果居然被另一個也要肝臟的亡靈一腳踹開，緊接著又有第三個男人衝上來爭奪，最後阿瑋抓著他的佛經，背靠著護理站櫃台，看著三個亡者撕開對方的頸子，折斷對方的手，為了他的肝臟大打出手。

真不知道……這麼受歡迎是該開心還是難過啊？

聽見雅妃的叫聲讓他跳起來，先不可思議的看著在一圈奇怪漂亮光圈裡的連薰予跟蘇皓靖，再轉身決定先去救雅妃再說。

『活下去……好強的生命……』

紫色的光球看似彷彿阻隔了亡者的攻擊，但同時也吸引了更多的亡者，他們雙眼熠熠有光，覺得似乎可以從那股力量中，得到重生的希望。

「雅妃！」阿瑋咬著牙想撞開掐住雅妃心窩的老奶奶，可其他亡者直接蜂擁而上的阻止他。

這到底是什麼醫院啊，他們都已經死透了，拿走再多器官都不會活了啊！

阿瑋奮力抵抗著，他真難想像……頂樓的劉慧喬跟周士興現在怎麼了。

※　※　※

走。

「哇啊啊——」劉慧喬趴在地板，雙手拚命想抓住些什麼，卻仍舊疾速地被往後拖

這一路拖到她衣服磨破，皮膚見血也未見停止，甚至直到女兒牆邊，那股力一上拉，直接把她翻過了女兒牆。

啪！劉慧喬即時抓住了女兒牆頭，那兒有個凸起的鋼筋鐵條，恰巧讓她抓握！

這到底怎麼回事啊？

剛摔下來的周士興腳勾住了鐵梯，身上是痛得要命，一路撞下來的緩衝讓他不至於快速頭部著地，但是他也知道狀況不對勁了。

鐵梯上莫名出現了一堆人，個個穿著醫院的衣服，水塔下方也有好些人仰頭望著他；聽見劉慧喬的尖叫聲，他鬆開勾著的腳讓自己落下，距離不長，以背落地還不至於太糟。

『好健康……我要他的腦子！』

『我想要健康的心臟！』

『給我你的眼角膜吧！眼角膜——』

一落地，四面八方立刻湧上各式殘缺病人，周士興忍痛咬牙起身，一路衝撞地往女兒牆邊去，趕緊抓住劉慧喬的手。

「有人在拉我的腳啊！」劉慧喬尖吼著，甩也甩不開的沉重。

「妳給我撐住！」周士興吼著，雙手抓住她的手，直接使勁往上拉。

有別於其他同學的兵荒馬亂，在陳淑倫的世界中卻是靜謐的。

她顫抖著雙腳站在水塔頂端，水塔頂是圓形的不平穩地面，她仍然努力維持平衡的躲在上頭。

因為下面很可怕，有人在追她啊！尤其那個女人……那個之前的患者！

「天哪，她已經死了嗎？所以我坐了她的床！」那個 Lucy 看起來好好的啊，「為什麼要這樣對我，我們不是故意的啊！」

『因為，』背後驀地傳來喜悅的聲音，『你他媽的坐在我的裙子上面了！』

咦？陳淑倫連頭都來不及回，背後一陣推擊，她整個人往前……不，往下掉了進去！

「哇啊啊啊——」突然消失的水塔蓋讓陳淑倫直接落進了冰冷的水塔中。

漆黑不見底，她什麼都看不見，落水前連深呼吸都來不及，冰冷的水瞬間充斥口鼻。

陳淑倫慌亂地往上游，再嘩啦的浮出水面！

「啊啊……救命！救救我——」她哭喊著，淒厲悲情。

咦？剛被拉上來的劉慧喬聽見了，但是她完全無法判別狀況，因為有個看起來一點都不可愛的小女孩，直接向她衝來，二話不說跳到她身上後，夾住她的身體。

下一秒，她伸出手指，就往她眼睛裡插！

「哇啊！搞什麼東西啊！」劉慧喬及時擋下，那女孩雙眼緊閉，從外觀可以看見眼皮上的皮膚皺摺詭異，咧開的嘴裡彌漫著腐臭味。

『眼睛，我的眼睛！』女孩胡亂叫著，劉慧喬從抵抗到開始主動反擊！

嘶吼的女孩倏地睜開雙眼，只有兩個深黑的窟窿，到此，劉慧喬總算徹底清楚了現況！

「走開啦！」劉慧喬抓住女孩的背，直接把她往旁邊拋去，多高多遠會不會掉下去都不管，因為他們根本不是人了！

希望從他們身上獲得缺陷的器官嗎？這是哪門子醫院、這是什麼世界啊！

「陳淑倫！」劉慧喬高喊著，但陳淑倫已經沒了聲音！

Lucy 跳入了水塔裡，由上而下，纖細但開始腐敗的雙手抵住陳淑倫的雙肩，優雅地將她往下壓，深深，深深地壓入水塔底部。

陳淑倫痛苦的掙扎，卻無論如何都無法向上，水進入她的肺部，嗆得她痛苦抽搐。

她什麼都看不見，沉在黑暗的冷水裡，水充塞著她的肺泡……就像……

Lucy 穿著蕾絲紗裙，朝著黑夜中的大海走過去，她後方的馬路上停下了巡邏警車，員警衝下來大喊著阻止她。

Lucy心碎的往海裡走，浸濕的紗裙浮在海水裡，對後面的呼喊充耳不聞，她走在尖刺的大陸棚裡，然後一陣浪湧來衝倒了她，下一秒就被捲進海水裡……就是這樣的冰冷，這樣的絕望——

但是她不想死啊！陳淑倫漸暗的眼神裡卻看見了越來越明亮的Lucy，她的臉被岩石刮得皮開肉綻，她笑著凝視著她的沉入，陳淑倫聽見了慌亂的步伐，看著渾身濕透的Lucy在急診室裡電擊，看著永遠不會起伏的心跳……

然後，那張病床被推入太平間，床墊清洗，輾轉再輾轉，最後躺著一個左腳截肢的女孩，進入了5311。

她和小貝坐上的那張床……和小貝……

「喝啊！」周士興試圖拉開莫名其妙關起的頂樓大門，完全徒勞無功！「有沒有搞錯！這門連鎖都沒有吧！」

他們剛剛進來得如此順利，現在居然拉推都出不去！

「這些人好煩！」劉慧喬只能慶幸他們沒有太凶惡，「這些都不是人，全都已經死了！」

「問題是他們不認為啊！」周士興一邊踹開患者，一邊試圖開門，「樓下現在不知道怎麼了！這醫院裡根本都是鬼！」

「哇啊啊，放手放手！」劉慧喬被男人拉走，「你們到底是哪來的啊？」

『給……給……我……肺……』男人的力道甚大，劉慧喬扳著鐵網依然無法抵禦地再被往後拖。

好幾個人渴望著上前，再度攫住劉慧喬，試圖再把她丟往女兒牆外；周士興連推帶打的撞開病患，趕緊拉過劉慧喬，現在他們應該是出不去了。

到底是什麼時候發生的事？醫院為什麼會變成這樣？陳淑倫上來說不定一開始就是個陷阱，他們現在與小薰他們分開，只是分散力量而已。

「淑倫沒有聲音了！」劉慧喬一直有在注意遠方高聳的水塔。

周士興擰著眉往上瞧，拉著劉慧喬往頂樓另一邊逃，劉慧喬帶的冥紙現在滿天飛，根本一點用處都沒有好嗎！

說實在的，現在已經沒有人有辦法顧陳淑倫了，誰不是泥菩薩過江，自身難保啊！

連薰予到底有沒有感應到這個啊！

※　※　※

曹怡芝簡直是跑百米，衝過來便撞開了抓著雅妃心窩的老奶奶，還一起滾地踉蹌，雅妃旋即癱軟跪地，直接失去意識！

「這裡為什麼會這樣？」爬起來的曹怡芝尖叫著，「這些病人是怎樣？」

「阿樹爺爺能說話嗎？」蘇皓靖趁隙回首大吼，「可以回答我們的問題嗎？」

「咦？」曹怡芝攙起雅妃，她昏過去了，「很痛苦，但是他可以動眼皮，也可以動手指！」

「去問他到底想要什麼！」連薰予發抖著，「要我們怎麼救他啊！」

氣喘吁吁的阿瑋半爬到雅妃身邊，使力撐起了她。

「解鈴還需繫鈴人吧？要救他，也得他家屬同意啊！」阿瑋將雅妃手繞過自己頸子，昏倒的人實在很重。「妳叫怡芝對吧，妳幫我注意那些想要我器官的傢伙好嗎？」

曹怡芝回身，就看見中年婦女拿著點滴架要擊向阿瑋，嚇得一邊尖叫一邊推開她。

「器官……」曹怡芝嚥了口口水，「我們現在在什麼地方啊？」

「醫院的另一個世界吧！」阿瑋聳聳肩，「鬼的世界。」

# 第十一章

『小薰——』

淒厲的尖叫傳來，連薰予在一瞬間覺得自己沉進了水裡，指尖與皮膚裹滿冰冷的水，還有上頭那黑暗的……

「喝！」她狠狠倒抽一口氣，緊張的試圖推開蘇皓靖。

「噓噓……」蘇皓靖扣著她，不讓她輕易離開，「我知道，來不及了，她已經沉在水塔底了。」

「淑、陳淑倫……」眼淚奪眶而出，連薰予難受地閉起雙眼，「她為什麼會爬到上面去！」

「她坐了人家的床，只怕沒有這麼輕易能放過她。」蘇皓靖依然緊擁她，「麻煩一下，我們先移動到阿樹爺爺那邊去，妳能當我幾分鐘的女朋友嗎？」

連薰予一怔，抬首，「你說什麼？」

「情人間要相依相偎啊！」蘇皓靖挑了挑眉，「妳不必擔心，這我拿手，配合我就好了。」

連薰予有點緊張，她知道這是為了他們彼此好，但就是……覺得怪怪的。

「好了，我們這麼受歡迎，得盡量在事情惡化前快點把某人救出來，要不然等等這些亡者非得要器官時，大家就沒這麼好過了！」蘇皓靖中肯的略微鬆手，「麻煩現在偎在我肩頭，當個小鳥依人。」

蘇皓靖說得沒錯，他們抱在一起後，有更多的身體接觸，卻也看見了更多在這醫院裡的生老病死！看見了走進海裡的女孩，看見截肢跳樓的女孩，更看見了心臟衰竭的怡芝爺爺。

還有，跟著阿瑋回去的，是個苦等不到金孫的老奶奶。

老奶奶的病房就在怡芝爺爺的附近，這輩子最疼的金孫忙著計算他能得到的遺產跟房子，根本沒空來看老人家；奶奶每天為自己編造理由，金孫很忙、事業很旺，所以才無法來看她。

斷氣前望著門口，出現了金孫衝進病房的幻覺，才能含著笑離世。

或許死後神智更為清明，她知道金孫根本沒有來，在那間病房徘徊不走，像是依然在等待——直到那天，阿瑋跟雅妃一起現身在病房外頭。

老奶奶喜出望外，把阿瑋當孫子，就這麼跟了回去。

因為是「金孫」，所以出於保護不讓他到醫院來，沒有人比曾身為醫院裡的亡者，更了解這裡的狀況吧？

有執念被喚醒，帶著生與怨的意志強烈，卻身不由己，老人家知道這裡的危險性、更知道阿瑋運勢有多惡劣！保護他的最佳做法就是禁止他參與小貝的事，殯儀館、醫院這些都少沾染。

雖說阿瑋運勢低來探病也是一項禁忌，只能慶幸至少他被無惡意的亡者盯上。

「不能移病房嗎？」還沒轉彎，他們聽見了高談闊論的聲音。「多少錢都可以，把老頭子移到超級 VIP 去，不准任何人靠近！」

這瞬間，所有張牙舞爪的患者突然都靜了下來，沒有人試圖爭取自己的器官，而是用一種帶有敵意的眼神，緩緩地看向聲音的來源。

蘇皓靖緊摟著懷裡的連薰予，往前邁開兩步，向左方走廊看去。

陌生的男人從林雲芸摔落的樓梯間走出來，他身邊還有兩個中年女人，一矮胖捲髮，一高瘦長髮，而陌生的男人完全符合曹怡芝的描述——禿頭肥油短，粗俗異常。

活人，阿樹爺爺的家人。

「是能拖多久？再找不到，就走法律嘛！」女人嚷著。

「走、法、律，妳知道這樣我要讓出多少錢嗎？」男人低吼著，「我現在就不許大哥他們從中作梗，把老頭子移到高級病房，閒雜人等不許出入！」

「隨便你啦！早先叫你常來看爸，你就不來，人家氣得乾脆擺你一道了吧！」另一個女人咕噥抱怨。

「妳還說，妳幹麼不來看？爸又不是只生我一個！」男人大聲，「是說……今天怎麼這麼多人？那個誰去找醫生來，醫生是死到哪邊去了，剛不是叫護士去找了嗎？」

男人進入房間，卻被在裡面的怡芝爺爺嚇到！

「靠！這誰！喂——」男人大吼著，「你進別人病房做什麼？」

「糟了！」曹怡芝急急忙忙的先跑過去，「等等！你們等一下，那是我爺爺！」

阿樹家屬更疑惑了，「這私人病房耶，你們怎麼可以隨便進來！」

「我爺爺是……是阿樹爺爺的朋友！」曹怡芝趕緊衝進去護著，「他們以前睡同一間病房！」

「什麼東西啊！」男子揮著手，「滾滾滾，滾出去，不許你們再來！」

「阿樹爺爺簽過放棄急救書對吧？」蘇皓靖從容地走過去，「為什麼不讓他走呢？」

男人詫異的回頭，他很快地察覺到狀況不對，皺起眉凶神惡煞地打量著走來的人們。

「誰跟你說我爸有簽什麼放棄急救同意書？他還活著好嗎！」男人不爽地瞪著陌生人，「你們是誰啊，哪裡來的？都滾好嗎？喂——這醫院是都死人嗎？」

呃！阿瑋僵硬地轉著眼珠子，話不要亂講啊，這醫院還真的都死人啊！

『阿樹有簽！他簽了放棄急救同意書，醫生也在的！』怡芝爺爺激動地說，『他跟我說過！他要走得有尊嚴，不要那麼痛苦！』

「我聽你在屁！他跟你說這個幹麼，好了，這我家務事……你們哪個單位啊！」男人打量著蘇皓靖，「要談戀愛去別的地方談，來這裡幹麼？」

談戀愛……連薰予下意識地就想推開蘇皓靖，但這一瞬間，她卻感覺到令人驚愕的殺氣。

氛圍變了！她僵直身體，寒毛直豎，連蘇皓靖也收緊下顎，一種比剛剛更可怕的敵意在醫院裡蔓延開來。

站著不動的患者們開始以阿樹爺爺病房為中心，緩慢群聚。

「他很痛苦，讓阿樹爺爺走吧！」曹怡芝哽咽的求情，「這樣根本不算活著！」

「喂，你們這幾個很誇張耶，這是我家的事，你們外人說什麼話！」女人不爽地上前，「我爸活得好好的，你們一直想他死是怎樣！」

「靠著呼吸器維生，哪能叫活著？你們的定義是心臟跳動就可以嗎？」連薰予在發抖，氛圍是因為這幾個不肖子改變的！「他在床上腐爛，化膿流血都無所謂，只要心臟跳動就行了嗎？」

「別跟他們廢話！」另一個短捲髮女人推著兄姊進病房，「喂，這老頭是你們什麼人，可以推走了，下次再這樣隨便進病房，小心我們告妳！」

怡芝爺爺伸手想抓住男人，卻被一把拍掉，曹怡芝見狀趕緊張開雙臂擋住他們，「拜託你們！放阿樹爺爺自由，你們這是在虐待他啊，這味道你們沒聞到嗎？他身上在發臭，一定有地方腐爛了！」

「滾出去！」男人粗暴的推開曹怡芝，她整個人被推撞上牆。

『怡芝！』爺爺緊張地喊著，竟也無能為力。

無能為力。

為什麼？蘇皓靖看著坐在輪椅上，擔心不已的怡芝爺爺，這是已經往生的人啊，這個亡靈他們看得見，阿樹家屬也看得見這並不意外，現在這個醫院完全都處在亡者的空間裡。

連薰予的同學們進入，或許是因為稍早的死者，或許是因為他們探病時犯了禁忌所以理所當然被捲入；連薰予是自找麻煩，他……也是自找麻煩。

但阿樹爺爺的家屬……也犯到了什麼嗎？怎麼會進入這滿是亡靈的醫院裡？

怡芝爺爺站不起來，維持生前的模樣，是無法面對自己已死亡的事實，還是因為曹怡芝的存在，怡芝的腦海裡，爺爺就不該是能站起來的那個？

太詭異了啊！除了這些想要「求生」的死者外，怡芝爺爺、阿樹爺爺，這些不肖子孫，不僅連不起來還都不太符合常理啊！

當然，什麼是常理，又該拿什麼準則來說。

生與怒，又是源自於誰？

「想死的死不了，想活的不能活。」連薰予顫抖著說，「已經死了以為生，以為活著的早已死……」

蘇皓靖低頭看懷裡的女孩，連薰予收緊了雙臂，竟難得主動的環住他的腰際。

「哪來的？」

「我突然想到我姊說過的話……就超迷信的那個姊姊。」連薰予看著阿樹爺爺病房裡的紛亂，看著走廊上走過來的病患，不就這麼回事嗎？

「那個……」阿瑋拉著雅妃靠牆，「我覺得喪屍大軍不太對勁耶各位。」

喪屍咧……蘇皓靖看著頹然走來的患者，密密麻麻，動作不快，還的確有三分像。

不過，他們開始化成死亡時的模樣，體認到自己已死亡的現實，就夾帶殺氣，雙眼的渴望比剛剛更深，甚至再多添了份勢在必行。

唔……蘇皓靖突然背部一陣疼般的彎下腰，連薰予趕緊撐住他，直覺地抬頭向上看！

周士興！頂樓的周士興被粗壯的大漢直接甩向水塔底下的鐵架，後背撞上鐵架後再摔落地，痛得他髒話連連。

連薰予感受得到上面的驚恐與忿怒，這間醫院開始變成……

「紅色……」她遠望著走廊底的窗外，窗外變成一種紅色的渲染狀天空。

曹怡芝慌亂恐懼的爬起，緊張地趕緊把爺爺推出，女人不客氣的在後面趕人，一邊使勁推著曹怡芝的背，逼得她踉蹌摔出病房外。

『他簽過！阿樹簽過，有證據的！』怡芝爺爺哭著怒吼，『怡芝說她也有看到！』

「對！我看見的！」曹怡芝忿而回頭，「我親眼看著阿樹爺爺簽下那份放棄急救同意書的，你們明明也在！妳、肥肚男，還有另一個男人！」

「神經……」捲髮女人要關上門，後面的男人抬頭望了曹怡芝一眼。

門砰的甩上，曹怡芝緊握著雙拳，然後被湊近一張枯瘦的臉嚇到！「哇呀！」

她向左右張望，握住輪椅就往連薰予這邊推來。

還沒問怎麼回事，病房門又拉開了。

「喂，妳！」開門的是肥肚男，「老頭子在簽時妳哪有在場？說謊也不打草稿！」

曹怡芝回首，緊緊握著輪椅柄，「我親眼看見的！那天徐醫生在，你、那個矮女人，還有另外兩個男人都在！」

『我家怡芝不會說謊！阿樹跟我喝酒時說過，他一定要好好的走！』怡芝爺爺跟著附和！

所謂矮女人也湊了上前，皺著眉頭看向爺爺。

「什麼啊，跟我爸喝酒，他不能喝酒你們知道嗎？」女人不爽地嚷嚷，「該不會就是你們害他的吧——等等，爸什麼時候有室友？他不是一直住單人房嗎？」

「那是後來常昏迷才住單人的，之前還行時不是，那室友不就是個一個愛抽菸的老頭子……」肥肚男不耐煩的臉色瞬間僵硬，「等一下，那個老頭子不是已經……」

連薰予纖手輕輕地置在蘇皓靖的胸膛上，他們兩個緩緩地往後退了一步。

看不見的紫色晶體應該還在，因為他們周遭一公尺範圍內沒有任何患者逼近，阿瑋留意到他們的動作，就算不懂也跟著照做就對了！

『救救他……』

連薰予的背後驀地傳來她再熟悉不過的聲音，她倏地回頭，看見的是一個頭蓋著白布的亡者站在那兒，舉起的右手跟腳上都有著環圈。

「啊……」她扯著蘇皓靖，「那天在電梯裡往生的人，是她抓著我的手……」

『救救他，』那是個女人，聲音聽起來有點年紀，指向了怡芝爺爺的方向，『快點救救他啊！』

『救他！救救他……』突然間，疊音響起，好些個聲音在喪屍般的病患外圍響起，都是上了年紀的老人家，『求求你們，快救他啊！』

「救誰啊？」蘇皓靖忍不住大喊，伸長了手往前指，每個人角度都不同，指過去是怡芝爺爺？門前的肥肚男、女人，還是裡面的阿樹爺爺啊？

「那個老人家不是早就……死了嗎？」捲髮女人跟著上前，「什麼肺癌，多重器官衰竭就走了啊，是他走了，我們才把爸移到這裡來的不是嗎？」

如果那個老人已經死了，那現在坐著輪椅在他們面前的是……阿樹的子女們突然領會，紛紛鐵青著臉，看向坐在輪椅上平靜落淚的怡芝爺爺。

曹怡芝只是緊掐著輪椅握把，不停地啜泣。

『阿樹這輩子最痛恨的，就是這樣被凌遲！你們不知道躺在那裡的人的感受，沒有人知道。』怡芝爺爺終於起身，雙腳置於地面，穩穩地站了起來，『究竟痛不痛？身為一個人，無法動彈、躺在那兒感受著身體內外插滿管子又是什麼感覺？有多少人知道？』

「爺……爺爺。」曹怡芝下意識想去安撫爺爺。

阿樹的子孫在門口嚇得臉色蒼白，全擠著向後退。

『他想自由，為什麼不能放他走？』怡芝爺爺眼神變得凌厲，是瞪著那肥肚男說的。

「死……已經死了的人為什麼——」肥肚男嚇得往裡頭去，「鬼！這醫院鬧鬼了啊！」

「因為，他們想要問阿樹爺爺的銀行帳戶密碼，還有保險箱鑰匙……」曹怡芝抹著豆大的淚水，「遺產分配還沒有做好手腳前，阿樹爺爺不能死——」

曹怡芝是哭喊出來的，彷彿是她藏著的秘密般，得緊握著手、揪著胸口才能說出，連薰予全身開始發冷，她恐懼的揚睫看向蘇皓靖，感覺到了嗎？壓力是排山倒海而至，不只五樓，有更多的東西朝這裡湧來了！

「閉嘴！妳在胡說八道！」捲髮女人驚恐喊著，「妳是誰？妳怎麼可能知道……厚，妳是大哥派來的對吧！一定是大哥他們的人！」

「對！對……爸簽那份時，就只有我跟大哥、二哥及醫生在，哪有什麼女孩！」矮女人指向怡芝爺爺，「你、你又是誰，少在那邊裝神弄鬼！他們一定是大哥他們派人假裝是病人，試圖接近爸，想打探出密碼的……對對！我們太少來了，沒注意到他們有這個伎倆！」

怡芝爺爺轉向了女人們，她們嚇得往房裡退後，爺爺輕嘆一口氣。

「在醫院喧譁一直不是個明智的決定，」他突然回眸看向連薰予，「對吧？」

「咦？」連薰予緊張地縮著身子，為什麼要問她？

『床也不知道坐幾百回了，靠著牆大聲講手機、……』怡芝爺爺竟一一計算著，『而且還如此凌遲自己的父親。』

砰！肥肚男上前，直接狠狠甩上門。

『這是為了阿樹。』怡芝爺爺看向孫女，『對吧，怡芝。』

曹怡芝噙著淚看向爺爺，點了點頭。

就在那一剎那間，所有的亡者像發了狂似的，直接衝向了阿樹爺爺的病房！

阿瑋早已跪地，他抱著雅妃抓著小本佛經專注的唸，已經唸了好久好久，驚人的是這樣的預備，確實的讓亡者避開他身邊。

「哇呀——」曹怡芝嚇得蹲下，躲在輪椅後頭。

而曹怡芝的爺爺則穩重的站在原地，看著撞開病房門的亡者們，瘋狂的朝裡面索取他們想要的器官。

頂樓的周士興察覺到亡者速度變快，變得更加凶狠，措手不及的直接被踩上地，劉慧喬竟被攔腰圈走，直接朝樓下丟拋下去！

「啊！」連薰予驚恐地顫動身子，仰首看去，「劉慧喬！」

之前看到的墜落，是劉慧喬嗎？

劉慧喬這次眼明手快得抓住鐵絲網，她認真覺得腎上腺素真是個太好的東西，她現在超威的啊，死都不要從十樓掉下去啊！

而五樓阿樹爺爺的房間就精彩多了，外門口傳來阿瑋專心的唸經聲，而裡面的亡者欣喜若狂的壓倒了捲髮女人，就壓在阿樹爺爺旁的病床上！

『我的肝！』男人大笑著，伸手撕掉女人的衣服。

「哇啊啊——哇！變態啊，走開！」短捲髮女人揮舞著手，卻根本擋不住。

下一秒，男人抓起的是她肥肥的肚子……唰！

他撕開了。

皮膚、肌肉、脂肪層全被扒開，鮮血直接噴了出來。

「哇啊呀呀——」女人痛得慘叫，男人雙手一伸進肚裡，抓住滑不溜丟的肝臟，直接就扯了出來！

緊接著跳上更多的亡者，大家各取所需，粗暴地撕開女人的肚子，心臟、肺臟、腸子，先搶先贏，然後迫不及待的把新鮮熱呼臟器，裝進自己已經乾涸腐敗的傷口窟窿裡。

「呀——啊呀啊呀！」長髮女人看著自己姊妹的慘狀歇斯底里，她抓著包包到處亂甩，但也抵不過冷不防從後面撲上她背部，纏住她的小孩。「走開！哥！」

胖子卑鄙地躲在阿樹爺爺的身邊，很巧妙的沒有亡者在這裡攻擊他，他們對於那複雜的儀器線路多有忌諱，並不輕易出手！

纏住黑髮女人的小孩喜出望外的兩手直接往她眼窩一戳，開心的尖笑著，『我的眼睛！』

摳出了一雙眼球，使勁拔斷連結的視神經與血管，孩子愉快地塞進了自己的眼窩裡。

「啊啊啊啊——」

其他渴望重生的患者們，自然也不客氣的照樣活活撕開了她的肌膚，奪取自己所缺。

阿瑋逼自己專心，否則他怎麼可能忽視從門口飛出來那隻斷手呢？

『心臟！』

外頭的連薰予耳邊突然傳來咆哮聲，接著瞬間被拽離蘇皓靖懷中！

「喂！」蘇皓靖反手扣住她，卻在一秒內被一個小孩子直接分開！

小孩看上去不超過十歲，旋即撲上蘇皓靖，『我也要一顆心臟——』

發黑的臉露出猙獰，小手直接朝他心窩伸入。

蘇皓靖左手立刻擋在心窩前，掌心向外，掌心上曾幾何時畫了奇特的符號，直接逼退了男孩，傷得他體無完膚。

『嘎呀呀——』小男孩一路被彈上六樓去，粗壯的男人從後扣著蘇皓靖的頭，彷佛要卸掉他肩骨似的，他右手朝肩上的手搭去，又是一陣紫色火燄瞬間捲起男人的身體，連病服都燒得一乾二淨！

「最好我有這麼好、解、決！」蘇皓靖趁勢取下藏在襯衫裡，頸間的白色佛珠，「我不找麻煩，麻煩也會找我，當我沒經驗啊！」

白色佛珠串至少有五十公分長，一端多重纏在手上，另一端直接往爭先恐後撲上的亡者身上甩打。

「蘇皓靖——」連薰予毫無反抗之力，她只能被拖著走，然後感受到一堆人要將她五馬分屍！

「用點力量啊！」蘇皓靖踹開一位女士後，急著往她身邊去，「妳有直覺，可以運用啊！」

運用個頭啦，她都已經是人家嘴上肉了，連閃躲都成問題啊！

那位有孩子的媽媽跨在她身上，欣喜若狂的想取她的內臟，連薰予的確能感覺得到危險，但是她雙拳難敵四手——一邊抓握住媽媽的雙手，卻擋不住上面要眼角膜的男孩！

「借過！」白影掃過，淒厲的慘叫聲四起，連薰予是什麼都沒看清楚，一骨碌被拉了起來！

『心臟！』『腎——』『我以後絕對不會再抽菸——』四面八方的亡者瘋狂撲上，被蘇皓靖圈在懷裡的連薰予不知所措，嚇得魂飛魄散！

只見他從容不迫的將白色佛珠同時套在他們頸子上，流暢地捧起連薰予的臉頰，看著她噙淚的眼裡映著自己的臉。

「Sorry 囉！」他滿懷歉意但不怎麼誠懇的勾起嘴角。

那的確是迷人帥氣，只是連薰予此時此刻根本無心思去——唇上一抹濕潤，蘇皓靖竟吻上了她。

咦？一股沒來由的熱度貫穿了她的全身，剎那間突破了她剛感受到的恐懼與寒冷，上一次他們接觸時是紫色的火花，這一次，是一種全面性的紫色光波，從他們四面八方迸射而出。

「唔——」連在病房牆邊的阿瑋都難以抵達，直接被那股力量壓上牆。「靠靠靠——」

手上握著的經書居然閃爍著一樣的光線，邊緣全是靛紫色的光芒，燙手的讓他幾乎要拿不住，只能落在地上。

「哇塞，這光雕嗎？」阿瑋讚嘆地看著光線流動，開始找附近有沒有光雕機。

然後，他在右方五公尺處，看見了擁吻的男女。

呃……這是時候嗎？肩上的手往下滑，他趕緊再拉起雅妃，怎麼還不醒啊！

整片走廊霎時倒成一片，想要重新活一次的病患痛苦的倒地，怡芝爺爺也趴在地上抽搐著，此時此刻，阿樹爺爺的病房裡竟踉蹌的衝出了渾身是血的肥肚男。

「啊啊……」他看著外頭的情況，踩踏過病患，往走廊深處跑去！

蹲在輪椅後的曹怡芝剛好在牆後，並沒有受到像空氣波波及的力道，但是她依然縮在自己雙膝內，抖個不停。

連薰予腦袋一片空白，瞪圓雙眼看著蘇皓靖離開她的唇。

「果然有效！」蘇皓靖環顧四周，「看來我們接觸得越『深入』，力量也就越大啊！」

連薰予完全呆晌，看著蘇皓靖從容地將白色佛珠取下，重新纏上自己的手，踩過整地的患者朝阿瑋這邊走來。

「選的時機也太爛了吧？」阿瑋忍不住抱怨。

「不懂閉嘴。」蘇皓靖踢踢幾個患者，一時看來也無法行動，鬆開手逕自走進阿樹爺爺的病房。

血染處處，阿樹爺爺病房的白牆像是潑墨畫，只不過原料是鮮血或是內臟等等，兩個女人被開腸剖肚不說，身上無幾處安好，頭還黏頸子已經算不錯了，眼珠子被挖走，內臟幾乎被掏空，手也被拔斷……喔喔，有個腦殼被撞開了，腦子也被刨空了。

而阿樹爺爺，依然躺在自己的病床上，只是身上濺滿自己孩子的鮮血。

「啊啊……」阿樹爺爺瞪大雙眼，驚恐痛苦地看著蘇皓靖。

顫動的手指頭吃力想動，但是依然幅度有限的指向門外。

「放心好了，怡芝爺爺暫時沒事，我跟連薰予不是什麼除魔者，我們只是有點自保的能力罷了。」蘇皓靖冷靜的告知，接著轉身往外。

連薰予還沒從震驚中反應過來，撫著濕熱的唇，腦子好亂。

「爺爺！爺爺！」輪椅後的曹怡芝爬向爺爺，「這是怎麼回事？爺爺怎麼了？」

連薰予正感受劉慧喬被周士興拉回屋頂的平安無事，兩個人氣喘吁吁幾乎要虛脫，立即被曹怡芝的聲音拉回現實。

「對不起……我……我跟那男的一接觸，就會有防衛機制！」連薰予很難解釋，「應該沒傷到爺爺的靈體吧？」

「他沒反應啊！」曹怡芝扶起爺爺，「妳走開！妳不要碰我爺爺！」

她打掉連薰予的手，深怕他們會再傷害爺爺。

喝——連薰予像被電到一般，第六感敏感的鋪天蓋地，尤其是與蘇皓靖接吻後的此時此刻，她幾乎什麼都能感覺到了。

蘇皓靖彷彿也是如此，他震顫身子，有些不支的得扶著病床才能穩當。

『救……救……他……』床上的阿樹爺爺，拚了命的擠出三個語焉不詳的字。

救救他啊，整間醫院良善的靈體都在吶喊——再不救他，多少人要被荼害，不只是人，連死靈都一樣啊！

怡芝爺爺突然不再抽搐，恢復了神智，在同一時間，地上那些亡者再度清醒，比適才更加混濁的殺氣油然而生。

「不可能……」連薰予緊張地抖著音，「不該是這樣的！」

『那個……那個人跑了！』怡芝爺爺痛苦的指向走廊另一堆，肥肚男搖晃踉蹌的背影仍在。

蘇皓靖飛快地回到連薰予身邊，做手勢叫阿瑋滾，帶著雅妃滾得越遠過好，阿瑋根本懶得照做，帶一個昏迷的妹是要怎麼走啦！尤其附近一堆人想搶他新鮮肝臟耶！

他不如拾起不再發光的佛經，再唸一輪！

連薰予沒反抗的立刻抱住蘇皓靖，這個時候，他們不該分開。

怡芝爺爺勉強站了起來，亡者也紛紛站起，爺爺看向的是末端的肥肚男，他正拚命按著電梯，期待電梯上來。

「爺爺！」曹怡芝哭喊著，「還是我們找別的辦法，我們可以去舉發這家人！說出我們看到的一切，我還聽見他們說為了密碼讓爺爺不死的！」

「妳……怎麼聽見的？」連薰予緊張地問。

「他們說話這麼大聲，誰聽不見！」曹怡芝抿著唇，「我來陪阿樹爺爺聊天，他們就在病房外……那女生摔死的樓梯間談，回音陣陣，什麼都聽得見！」

她哭著奔到門口，「那天就——哇——」

一見到裡面的屍體慘狀，她嚇得尖叫後退，不忍地別過頭。

「所以來醫院探病，真的不該喧譁，這麼大聲——」蘇皓靖凝視著曹怡芝，「鬼都聽得見。」

「簽急救書時也是，他們答應阿樹爺爺的，可是——」

「怡芝爺爺，阿樹爺爺簽急救書時您在哪裡？」連薰予親切地問怡芝爺爺。

怡芝爺爺靜默了，他低垂著頭，沒有回答。

「爺爺他那時不在，是我在，我是剛好看到的，這不是秘密，門開著誰都看得見。」

曹怡芝氣急敗壞，「我是真的看見，我可以發誓、可以作證，可以去舉發他們！」

連薰予鼻子忍不住的酸楚湧上，強壓抑著淚水，「怡芝爺爺，您，那時在哪裡？」

怡芝爺爺終於回過了頭，用悲傷的眼神看著他們，『我那時……還沒住院。』

咦？唸佛經不專心的阿瑋一怔，現在是在說什麼？爺爺沒入院的話，曹怡芝在這裡幹麼？她又為什麼會聽見？

「爺爺，你那時怎麼還沒入院？你是去做檢查了吧，我在病房等你的，因為有些地方家屬是進不去的……」曹怡芝解釋著，但自己也越解釋越模糊，「那時你是去……去……」

去做什麼檢查呢？曹怡芝皺眉，她怎麼有點想不起來了？

「妳那時住院嗎？」阿瑋劈頭就這麼一句，真是切中要害。

「沒有啊，我身體好得很，我沒有住院！」曹怡芝緊張的趨前，「爺爺，你記得吧，那時你去做什麼檢查？」

阿瑋狐疑的眼神朝蘇皓靖瞟去，他輕輕的使著眼色，眼神向下，腳尖撩著褲管。

附近站起的亡者們正在恢復，有幾個渴望度較高的，已經爬著往肥肚男那邊去。

「走開！你們走開！」曹怡芝抱過爺爺，「我們離開這裡！！」

「我們先出去吧，這醫院好可怕，妳有沒有看到他們活活摘走阿樹爺爺女兒的器官！」

蘇皓靖突然鬆手，推了她一把。

咦？連薰予驚恐地看向她，他卻給予肯定的眼神，然後默默握緊了纏有白色佛珠的手。

連薰予望著他，突然感到心安，深吸一口氣後，從容的走向曹怡芝。

「對，我們先出去，電梯不妥，我們走樓梯好了。」她說著，上前要攙扶爺爺，「怡芝爺爺，我扶您右邊。」

爺爺看向她，淚光閃閃。

救救他……明明沒有開口，但是連薰予聽見了，她對爺爺回以微笑，然後爺爺低頭，看向了曹怡芝的左手。

左手。

「左邊！」蘇皓靖驀地大喊，阿瑋立刻扔下雅妃朝曹怡芝爬過去，直接抓住她左腳。

這同時，連薰予也反手握住她的左手，拉開了總是不離身的紅色外套——她的左手腕跟左腳踝上，都繫著姓名環。

而且，她穿著橘色的娃娃鞋。

曹怡芝從一開始，就不是人。

# 第十二章

『幹什麼?』曹怡芝完全不解的看著連薰予,尷尬地縮著腳,那個男生怎麼撩她褲子啦!

「是了……充斥著亡靈的地方,進來的除了犯禁忌的傢伙,就是像我跟連薰予這種自找麻煩的份子了!」蘇皓靖從容地站到曹怡芝面前,冷不防也握住她的手,「妳不覺得奇怪,妳怎麼會有住院手圈嗎?」

『住院手圈?我哪有那種東西……』曹怡芝邊說,一邊看著左手腕上的手圈,立即錯愕。『這是?』

她不只騙自己爺爺還活著,事實上她連自己都騙了。

「如果阿樹爺爺簽放棄急救時,妳爺爺還沒住院,妳卻看到的話……」阿瑋連結得倒挺快的,「那不表示……曹怡芝她——」

在爺爺住院前就已經不在了?

怡芝爺爺老淚縱橫,滿載著悲傷,他看著阿瑋沒說話,但眼神已經給了他答案。

曹怡芝困惑地曲起手肘,看著自己的手圈,醫院的亡靈們因為她的分神,全部都靜了下來。

她才是一切的發端。

不管是為了救自己、為了幫爺爺，還是為了阿樹爺爺，驅動沉睡亡者的人就是她！是她讓一切活躍起來，讓逝者憶起死前的痛與悲、苦與恨，甚至是無謂的奪取根本不會讓自己重生的東西。

因為她認為自己還活著。

曹怡芝，出生年月，下面是一堆代號她看不懂。曹怡芝望著上面的字，很驚愕地發現真的是她的名字耶！

『我生病了嗎？我怎麼沒印象？』曹怡芝低下頭拉起褲管，『那我腳上這又是什麼？為什麼要繫兩個？』

「妳在醫院這麼久，應該知道為什麼……」連薰予心疼地看著曹怡芝，她依然不明白自己死了嗎？

『手圈是用來識別病患跟病名的，每次來打點滴跟用藥時，護理師都會重複確認，可是腳——』曹怡芝瞬間愣住，她該知道腳上的圈是為什麼。

那是送進太平間裡時，才會繫上的識別環。

曹怡芝瞪圓雙眼，看著腳踝上的環，她為什麼會有同手同腳的兩個識別圈？她活得好好的，為什麼會有——

同時接觸著她的連薰予與蘇皓靖，幾乎同步的感應了她的過去！

那是個從小由爺爺奶奶帶大的女孩，樂天開朗，雖然沒有父母親，卻比誰都過得幸福！小學時奶奶牽著她出去散步，意外被超速的車子撞死，被奶奶及時推到一旁的小怡芝目睹支離破碎的奶奶，只有嚎啕大哭。

那是第一次的逃避機制啟動，她假裝奶奶還在，爺爺接受了和解，因為對方是有錢人，認為錢可以解決所有的問題，為了曹怡芝的教育跟未來生活，爺爺選擇收下高額和解金。

爺爺知道怡芝當奶奶還在，吃飯時永遠都會多備一雙筷子，她還會認為奶奶真的坐著跟他們吃飯，爺爺從不說破，在不影響孩子的前提下，他什麼都不說；再大一點，曹怡芝不再說奶奶還在了，像是面對了那個現實，但是問起她，她會說奶奶住養老院了。

爺爺身體開始不好，不停咳嗽，曹怡芝變得很緊張，那是她剩下唯一的親人，她開始打工賺錢，唸書變成不再重要；醫生宣布爺爺得到肺癌的那天，曹怡芝失神站在醫院走廊好久，她不知道該怎麼辦。

治療散盡了當年的和解金，曹怡芝卻從未放棄過，能多一天是一天，她除了爺爺外，已經什麼都沒有了，她絕對要盡全力讓爺爺活下去。

所以在超過三十個小時沒睡的那天晚上，她駕車撞上了電線杆，在客廳等門的爺爺，始終沒有等到她回家。

重度昏迷，爺爺在醫院病床邊緊握著她的手泣不成聲，一旁是爛成一團的蛋糕；之前同事團購，爺爺說喜歡吃，所以她那天下班後還特地繞過去買，想給爺爺當宵夜。

但她真的太累了。

昏迷十一天後，曹怡芝結束了她短暫的人生，而爺爺也因為這件事心力交瘁，高燒幾天後，便正式入院。

曹怡芝的靈魂甦醒其實是在她斷氣的那瞬間，她有幾秒的驚愕發現自己站在醫院護理站裡，手上拿著那盒特地繞過去買的蛋糕，在她的手上自然是完整的。

只有一秒光景，曹怡芝便認為是爺爺住了院，所以她去買爺爺愛吃的蛋糕；什麼車禍、什麼昏迷，都消失在她的人生中，她是個憂心爺爺的孫女，因為要上班所以不一定能常常來訪，還特地請看護協助照顧爺爺。

曹怡芝構築了她自己的世界，完整且不可侵犯。

直到那晚的急救，護理師們穿梭奔過她身邊，她親眼見到爺爺進入了電梯，爺爺很希望她也能搭上那部電梯，但是她沒有。

她旋身回到病房，告訴自己爺爺沒有死，然後將已離開的爺爺亡魂再度拉回，綁在那間病房、那條走廊上。

雅妃靠在牆邊時切進了另一個世界，她遇到了想找阿樹爺爺的怡芝爺爺，也進而見到了曹怡芝；透過雅妃，陳淑倫他們也全都見到曹怡芝，更別說那天他們完全就是個禁忌觸犯團。

護理師們與曹怡芝的對話或是微笑，其實是衝著雅妃或他人，在護理師眼裡，曹怡芝根本不存在。

爺爺入院後的確跟阿樹爺爺住在同一間，那也是曹怡芝的美好時光，爺爺跟阿樹爺爺一見如故，人生末路上的莫逆之交。

『啊……啊……』曹怡芝雙眼瞠得圓大，淚水撲簌而落，她顫抖不已，幾乎無法承受現實。『我，死的人是我嗎……』

連薰予跟著落淚，那份痛與面對現實的打擊，她感同身受；蘇皓靖倒是一如往常的平靜，只希望這位女孩可以如生前一般保持冷靜。

『我也死了啊，乖孫。』怡芝爺爺趨前，『我們都已經不在了。』

曹怡芝緊咬著唇，痛哭流涕的看著爺爺，原來她不只欺騙自己爺爺活著，她連自己都騙了！

在爺爺之前她就已經死了啊！

哇塞，阿瑋簡直驚訝到說不出話了！不知道自己死了就算了，她還跟平常人一樣活著耶，這自我催眠的功力真的超一流。

「妳認為自己還活著，妳認為爺爺還活著……然後妳又為阿樹爺爺不平。」連薰予不敢再觸碰曹怡芝，「妳看一下，這些想要自由的亡靈，都是被妳的意念驅動的！」

已經轉為死白臉色的曹怡芝不可思議的看著四周，她的額頭甚至開始龜裂，『我？我沒有，我不可能這麼做，我嚇都嚇死了我怎麼能——』

「因為妳沒有意識到自己已經死了，妳把自己當活人，妳只想看到妳想看的，但妳不能否認妳也是亡者。」蘇皓靖嘆了口氣，「妳想像一般人活著的心態、妳的氣忿悲傷都是股力量，喚醒了懷怨、難受、還有想活下去的人。」

連薰予難以扼抑著淚水，抹了又流，「禁忌的確很多，但不是每次都會出事，這次是因為那些亡者醒了……」

想要左腿的女孩，希望可以再擁有那完整的身體，嘈雜的小貝當天就已經吸引了所有亡者的注意，更別說她坐上人家的床。

『不是我！我不知道！』曹怡芝有些崩潰，『我沒有想傷害任何人！為什麼……我甚至不知道為什麼我突然能喚醒他們！』

「因為小貝吧！」說話的居然是阿瑋，他有點無奈，「還有我……我覺得啦！」

蘇皓靖瞥向他，居然露出淺笑點點頭，他喜歡有自知之明的人。

「為什麼？」連薰予丈二金剛摸不著頭腦。

「吵鬧是大忌，還有什麼比吸引亡者注意更糟？我想曹怡芝應該很早就注意到小貝了吧？」蘇皓靖凝視著清秀的女孩，她逐漸露出了死狀，有點令人不忍卒睹。

『小貝……』曹怡芝悲傷的回憶著，『很大聲，非常大聲的女孩，在病房裡都可以聽見她的聲音，我還因此到林雲芸病房外偷聽……呵，其實好像也不必偷聽。』

一清二楚，小貝的喧譁幾乎吵到了所有生者與亡靈，緊接著她與護理師、清潔阿姨的吵架，只是變本加厲。

「再加上衰尾先生的低運勢，那是個黑暗漩渦，很容易激活亡靈們，你也知道喔，所以才帶一個回家。」蘇皓靖無奈的看著阿瑋，「你沒事真的不該去醫院。」

「喂，好同學出事哪有不探病的道理，我要知道有這些事我就真不去了！」阿瑋嘆著氣，「欸，我沒有跟小貝一樣鬧啊！」

「他帶回去那個知道醫院的變化，很多長者都知道，可能長期看著妳自欺欺人的在醫院生活，也看著妳爺爺被困在這兒很可憐！」蘇皓靖口吻平靜，但說出來的話很扎人，「多少人都希望能救妳，救妳也能救其他人。」

曹怡芝錯愕地抬頭，血與淚混雜在一起滑下臉龐，她望著爺爺，不明所以，『救我？為什麼要救我……』

『妳聽不進我們的聲音啊，妳因為這些人的關係變得激動，阿樹的狀況也越來越不好，妳潛意識的想像個活人活著，又難掩氣忿，再這樣下去，會出大代誌的！』爺爺捧著孫女的臉，『怡芝，讓一切停止吧！不要再刺激那些人去希望什麼重生了！』

因為妳本就是個死人了啊！

曹怡芝緊皺起眉，闔上的眼總能擠出一波又一波的淚水，她轉身看向阿樹爺爺的病房，緩步走了過去。

阿瑋悄悄問向蘇皓靖，阿樹爺爺總是活著的吧？

「活著嗎？」蘇皓靖挑起一邊嘴角，「要看你們對活的定義是什麼了。」心臟還在跳就是活著，或是有自主意識才叫活著。

躺在床上的阿樹爺爺不再有反應，他依然躺在病床上，以儀器維生，滿病房的鮮血淋漓，內臟血塊噴得到處都是，被活活撕開腹腔與胸腔的女人們橫屍在地上或是另一張床上。

「阿樹爺爺連生靈都被困住，求生不得，求死不能，想自由的靈魂被自己束縛。」

蘇皓靖走近了連薰予，默默牽握起她的手，「剛剛妳聽到看到的反應，都是他的生靈在回應。」

曹怡芝看著自己的手圈，她從未想過，她已經死了。

什麼時候死的呢？啊啊……好像已經兩年了，這兩年她都在這個醫院裡，認識每個進出的病患，知道那些護理師的小秘密，照顧著根本走不了的爺爺。

陳淑倫他們的出現，的確讓生活變得不一樣，她從沒有聽過這樣明顯的外界聲響，彷彿打破了一道無形的牆，讓她因聲音而靠近，然後她跟著他們，看到了阿樹爺爺。

不，是找到了阿樹爺爺。

『我是因為雅妃才找到阿樹爺爺的，每次爺爺說要找，我回應，但我沒有想去找……』曹怡芝幽幽回首，看著躺在地上的雅妃，『我跟爺爺一樣，也只徘徊在那條走廊與護理站間。』

『找到阿樹爺爺後，妳開始無法忍受對吧？』連薰予輕柔地說著，『爺爺馬吉的室友，變成那樣子躺在上頭，忍受著酷刑卻死不了。』

『那很痛的。』曹怡芝突地冷笑，『對，很痛，真的真的太痛了……』

從昏迷到死亡前，她也是那個歷經插管與電擊的人……曹怡芝震顫身子，突然撫向自己的喉嚨，再看著自己的身體。

焦掉的胸口，斷掉的肋骨，還有……曹怡芝旋過身，她的氣管多出了一道深口。

她緩緩往左邊看去，那個肥肚男逃走的方向。

『有些人不能放。』她喃喃地說著，再轉往十一點鐘方向，看著蘇皓靖跟連薰予、阿瑋及雅妃。

啊啊……闔上雙眸，她仰起頭，可以看見頂樓那快虛脫的劉慧喬與周士興。

『對不起。』她苦笑著，『我不是故意的，小貝、陳淑倫、阿瑋、雅妃，甚至是劉慧喬與周士興。』

她不知道對阿樹爺爺的不捨，自以為的活著，甚至想讓爺爺活下去的想法，會造成這麼嚴重的事端。

爺爺抹著淚，趕緊趨前抱住乖孫女。

『曹怡芝，乖，沒事沒事，醒了就好，我們醒了就好。』

曹怡芝激動地回擁爺爺，這其實是兩年來，他們第一次……也只怕是最後一次的擁抱。

患者們開始漫步離開，彷彿回到他們原本的位子，回到原本的病房去，人潮散去，回去過他們日常的「生活」。

『那我們就走了。』爺爺愉悅的牽著孫女的手，往電梯走去，此時此刻，健步如飛。

蘇皓靖警戒地握著白色佛珠，直到目送他們掠過面前。

連薰予看著染滿血的病房，聽著那維生儀器的聲音，心裡總有懸著的事。

「那阿樹爺爺怎麼辦？」連薰予甩開蘇皓靖的手，奔向前追問。

『礙事的人解決了，阿樹有其他的孩子會處理。』怡芝爺爺回首笑著，『你們放心好了。』

「還有一個還沒解決吧？」蘇皓靖仍未放鬆地走來，「少算一個喔，曹怡芝。」

電梯敞開，裡頭空無一人，燈光白得令人發寒。

『沒有啊！我沒少算啊！』曹怡芝如平常地笑著，『我剛對不起的人裡，沒有林雲芸喔！她真的……不在被波及的範圍內。』

連薰予跟著不可思議的瞠目結舌，倒抽一口氣，「她真的不是被……」

進入電梯的爺孫倆微笑，林雲芸從來就不是被亡者所誤。

樓梯上的男人是燒燙傷而亡，行動不便，否則他拚命地想警告林雲芸的後方，有人伺機而動。

身為病患的林雲芸，本就沒有犯忌啊！

『等等還是搭電梯吧，別走樓梯了！還有你們三個啊……』電梯門關上前，爺爺是對著他們三人笑著的，『沒事別到醫院來吧……』

三個……咦？連薰予跟蘇皓靖同時打了個寒顫，不安地回頭，阿瑋就站在他們後面。

「所以現在沒事了嗎？要不要上頂樓去看看劉慧喬他們？他們該不會也被分屍了吧？」他很擔心同學們呢！

「拜託你離我遠一點！」蘇皓靖厭惡地說著，一把摟過連薰予飛快地往隔壁電梯去。

「咦？」阿瑋好生無辜，「我是說……」

「你坐另一台電梯吧！」連薰予實在很難挺他。

雖然這時搭電梯感覺很不智，但剛剛爺爺都已經親身示範加暗示了，別走樓梯，看來要離開醫院，還是靠電梯好了。

看著電梯門關上，連薰予依然瑟縮在蘇皓靖的懷中，她發現這樣貼著他，就不會那麼冷，也不會那麼害怕。

「那串佛珠是什麼？好細小的珠子，又好白。」她指著他右手纏的佛珠問道。

「一個我很久很久很～久沒拿出來使用的東西。」蘇皓靖邊說，一邊推開她，「對！我打算換工作了，我覺得跟妳認識太深沒有好事。」

咦咦……連薰予被推得踉蹌，撞到了按鈕板，「我才……喂，剛剛吻我的人能這麼說嗎？」

「不吻？不吻妳現在就被活生生撕開，內臟被拿光了吧？」蘇皓靖留意到數字下降，

「一樓，喂，按一樓——」

連薰予轉身卻來不及，電梯已經過了一樓並持續往下，B1……

B2。

電梯停下，蘇皓靖立即朝連薰予伸手，她毫不猶豫的拉回他的手，一顆心七上八下。

只是牽起的那一刻，他們都感覺到整座電梯、甚至是電梯門外的氛圍，並不若他們所恐懼與猜想。

電梯門由中向兩旁敞開，門外是哭泣著的林媽媽。

「啊？你們……怎麼下來了？」林媽媽疑惑的看著連薰予，更不解的看向蘇皓靖，還有他們緊緊牽握的手。

蘇皓靖一秒鬆開，低聲說聲請節哀，率先閃身離開了電梯。

連薰予沒有說話，只是哭腫了雙眼，按著開門鈕。

「進來吧。」

※　　※　　※

坐在牆角累到心臟快停的劉慧喬跟周士興，看著患者魚貫離開頂樓，髒話開始滿天飛。

那扇剛剛死活拉不開推不開踹不爛的門，現在倒是輕鬆的被打開了！

周士興撫著胸口往地面躺下，他痛得快解體了，骨頭一定有斷，幸好這是醫院，等等他們應該下樓就可以直接掛號了吧？

劉慧喬覺得手沒脫臼真是可喜可賀，但拉傷絕對免不了，更別說身上與臉上都磨破皮了，靠著牆，連呼吸都覺得痛苦。

「沒事了嗎？」劉慧喬喃喃說著。

「可能連薰予他們成功了吧？」成功什麼他也不知道，反正不是他做的就對了。

「什麼爛日子……」劉慧喬忍不住開始哽咽，「陳淑倫會下來嗎？」

周士興沒說話，紫色的天空剛剛就變成了日常的深藍夜幕，遠遠的看著黑暗的水塔，不必像小薰那樣的直覺他也知道，淑倫怕是下不來了。

伸手拉過劉慧喬，讓她往自己身上躺。

「幹麼……」劉慧喬抱怨著，邊哭還是邊偎了上去。

「差點死兩次了，要不要考慮交往看看？」周士興非常認真，「在死第三次之前。」

「去你的。」劉慧喬嗚嗚咽咽，「我喜歡你兩年了耶！」

「我如果今天可以出院的話，我們約星期天。」周士興痛苦地說著，「不能的話……」

「就在醫院約會好了。」劉慧喬自己轉了身，正面鑽進周士興的懷裡，她不覺得自己是不需要住院的類型啊！

「痛……喂！痛痛痛——」周士興痛苦的哀嗚。

「周士興，你是怎麼了？這麼嚴重嗎？」劉慧喬撐起身，心急地搖著。

「不要再搖……了……啦！」這下更痛了好嗎！

站在頂樓外的阿瑋默默摸摸鼻子，看來好像沒什麼需要他幫忙的地方……他應該要先報警，還是幫叫醫護人員呢？

唉，他不急著下樓，在頂樓大門外滑坐上地板，休息一會兒。

他還是等等再下去好了，因為他不知道真實世界的五樓，阿樹爺爺的病房內外，究竟是什麼樣子。

他只想問，今天回家後，不知道室友是不是也回到醫院了？

※　※　※

電梯抵達時，裡面已經有人了，白衣天使站在裡面，手上還拿著病歷表，她一看見渾身是血的肥肚男，立即呆住。

肥肚男慌亂地進去，急驚風似地按著關門鈕。

「先生！你幹麼！」護理師阻止他，「這樣按會壞的。」

「妳閉嘴啦！」肥肚男巴不得電梯門快點關起來，「妳不知道剛剛發生了什麼事！」

「你全身都是血，先生，你受傷了嗎？」護理師緊張地打量他。

「不是我的啦！」肥肚男忙拿起手機，「報警，我要報警……靠，你們醫院鬧鬼妳知道！」

「嗄？」護理師臉色慘白的看著他，「先生？你沒事吧？」

「我這樣像沒事嗎？鬧鬼妳懂嗎？整間醫院他媽的都是鬼！」肥肚男看著手機在電梯裡不通，抬頭望著數字，「電梯也太慢了！」

從剛剛到現在，五樓的數字還在跑，三樓怎樣就是沒出現。

叮，清脆的聲音，肥肚男氣急敗壞，「這時按什麼電梯啦！」

抬起頭看著，在電梯門開之前就先拚命按著關門鈕，好像希望門不要開就先關上。

只是他抬首，看見紅色的數字停在「4」

「你們醫院有四樓嗎？」他幾分錯愕。

「有啊。」護理師幽幽笑著，「為你準備的。」

肥肚男突然僵直背脊，倏地回身，看著從容笑著的白衣天使。

「鬧鬼我懂嗎？我懂啊。」護士指指右手上的手圈，同時點著地板的右腳也有一圈。

「整間醫院，都是鬼啊……」

肥肚男不懂。他只是覺得這個護士很怪。

護士笑容更滿了，她突然向左歪了頭，然後舉高的左手扳住自己的頭，使勁往下——

喀嚓。

「哇——哇——」肥肚男這會兒瘋狂緊張的按著開門鈕了。

喀嚓喀嚓，骨頭折斷的聲音從後面接連響起，肥肚男驚恐的回頭時，那護理師已經呈現不正常的扭曲姿勢……包括，那隻裹著彩繪石膏的腳。

那個石膏，他好像昨天才見過……

肥肚男看著那隻腳，忽然明白了什麼。

『就給我你的骨頭吧——』

「不不——等等，哇啊啊——哇啊啊啊——」

# 尾聲

現實與幻覺只有一線之隔，而且那條線還能跨越。

阿樹爺爺的女兒們死在病房裡，現實世界也一樣，護理師嚇得魂飛魄散，緊接著是偏遠角落一樓要坐電梯的醫師，發現電梯裡那一攤爛泥的肥肚男，他的脊骨被分段抽出，一段一段的折裂散落在電梯中。

這是驚悚駭人的命案，警方立刻著手展開調查。

另外，這事情還牽扯到前日死亡的林雲芸，警方解讀她的手機後，發現她錄有肥肚男的聲音，經過調查，大致明白了林雲芸可能聽到了肥肚男意圖謀奪財產，才一直不讓阿樹爺爺離世，偷聽時被發現，因此被痛下殺手。

輪椅上有阿樹爺爺五女兒的指紋，也就是腦子被取走的那位。

監視器卻完全沒有拍到任何景象，這案件終究會成為懸案，大家心知肚明。

「曹怡芝是兩年前死的，爺爺是一年多前，所以她的手機才會停在兩年前的紀錄。」

阿瑋傳來 LINE，兩年前自撞身亡的報導，果然是曹怡芝。

連薰予坐在櫃台前整理東西，今天是週末假日，她自動加班，為了把上星期因請假而拖延的工作補上。

今天，其實是陳淑倫、林雲芸跟小貝一起出殯的日子，她不克前往，但在家也靜不下心，所以乾脆就到公司來了；阿瑋看來也沒去，據說他的「室友」沒有走，擺明了禁止他出門。

陳淑倫自然是在水塔裡被發現，死因是溺斃，詭異的是她身上竟穿了那件混色的紗裙，浮在水面上像朵花……跟某個女孩一模一樣。

醫院裡風聲鶴唳，莫名其妙死了這麼多人，周士興與劉慧喬更是難以解釋，最令人訝異的是，他們原本以為死亡的人就是阿樹爺爺的子女及陳淑倫，想不到居然在七樓的病房，也有一個被管子纏死的患者。

劉慧喬說，那人就是撞到林雲芸的媽寶……至於是誰下的手，看著被抽出脊椎的肥肚男，似乎可以猜到一二。

回顧著群組裡照片，昨天雅妃傳來阿樹爺爺病房外的照片，她代表其他人，去見證阿樹爺爺的最後一刻，雖然子女多紛亂也多，但最終總算尊重阿樹爺爺的意願，群聚在一起，拔管送他最後一程。

住院的周士興跟劉慧喬原本要去，但雅妃卻突然自告奮勇，她一直認為這一切事情她脫不了責任，畢竟一開始是她先遇到怡芝爺爺、進而才讓芝怡他們找到阿樹爺爺。

所以，再恐懼也該有始有終，她默默在病房外送阿樹爺爺離開。

護理師們抽起阿樹爺爺體內管子時，她見到的尾端都是膿與血，阿樹爺爺的背部都是腐爛的褥瘡，令人不忍卒睹……白受了這麼多的罪，幸好還來得及。

連薰予默默看著照片，至少讓阿樹爺爺飽受痛苦的子女們，死得比他更痛苦了。

咦？她突然看向正前方的電梯，數字上升……不會吧？

圓睜雙眼看著電梯停在二十四樓，電梯門緩緩敞開。

「要去吃飯嗎？」門一開，蘇皓靖就在裡面吆喝著。

「你怎麼來了？」她錯愕不已。

「今天妳同學出殯，妳也不好受吧？我這人這麼貼心善良，理應在女孩子最脆弱的時候陪伴一下。」他揚起虛假的笑容，瞬間斂起，「好啦，我被放鴿子，不想一個人吃飯，只好勉為其難的找妳。」

連薰予揚起淺笑，「等我一下。」

把手邊的東西擺好，連薰予拎起包包，小碎步的進入電梯裡。

「吃飽要去看慧喬他們嗎？」

「妳有完沒完啊，這麼喜歡醫院？」蘇皓靖滿臉不耐煩。

「不犯禁忌不就好了？喔，醫院旁巷子裡有榕樹葉，我們那晚應該帶著進去的。」為了這件事，回家被姊罵了個半死，什麼第一次去探病叫她帶是帶假的嗎？居然當耳邊風！

「不要。」蘇皓靖立刻否決。

兩個人閒散的步出公司，蘇皓靖已經有決定的餐廳了，連薰予一切隨他，兩個人步下捷運時，還看見有幾束花擺在出入口。

喔，那是她去看林雲芸的那晚，有人跳軌自殺，死狀也是悽慘駭人……事後回想，那天在月台跟蘇皓靖分手前，她好像就有聽見尖叫聲。

「妳有沒有想過我們之間……」蘇皓靖突然嚴肅地看著她。

「沒有！」連薰予搖頭搖得慌張疾速，「我沒有交男友的打算，而且你……」不是個好男友啊！

「我是說，我們之間的火花……那個紫色的！」蘇皓靖趕緊說明，「我也完全對妳沒興趣啊！連小姐薰予，誰要跟一個讓直覺增幅的人在一起啊，我嫌日子太好過嗎？」

「喂！這又不是我願意的！我日子很平穩啊，還不是認識你之後……好！停！」連薰予皺著眉深呼吸，「我知道你想問的，但我不敢去思考。」

「逃避不是辦法……」

連薰予皺眉，「說要換工作的是誰啊？」

「所以我沒要換了啊！」蘇皓靖凝視著她，「長這麼大，我不是沒遇過類似的人，但是——」

沒有人能跟他產生奇妙的變化，無論是增幅的第六感，或是那詭異的紫色火花。

當然，可能因為他以前也沒隨便吻人的關係吧！

「噢。」沒要換了啊……連薰予心裡有一點點的開心，還有更多的安心。

是啊，明明直覺變得更強烈，但是有蘇皓靖在，她卻能覺得無法心安。

「所以打算跟妳聊聊，正式認識一下吧。」蘇皓靖這麼說時，還嘆了口氣，「我實在很想知道為什麼。」

連薰予仰首望著他，也點了點頭。

她不反對，只要別讓她陷入恐懼當中，她也想知道為什麼。

捷運抵達，蘇皓靖禮貌的讓她先行，連薰予輕哂，她懂！他們兩個沒事還是不要接觸比較好。

LINE傳來聲響，連薰予取出檢視，儀式結束，劉慧喬他們送走了陳淑倫他們。

泛起淡淡帶著悲傷的笑容，不是每個人都適合熱鬧或是群聚的生活，她就該像姊姊說的：我怎麼不記得妳有同學？

這樣的日子，才是適合她的日子。

連薰予滑動手指，退出了群組。

禁忌錄
# 探病

等菁作品28


作者 等菁
封面繪圖 Fori
美術設計 三石設計
總編輯 莊宜勳
主編 鍾靈
編輯 黃郁潔

出版者 春天出版國際文化有限公司
地址 台北市信義區信義路四段458號3樓
電話 02-7718-0898
傳真 02-7718-2388
E-mail frank.spring@msa.hinet.net
網址 http://www.bookspring.com.tw
部落格 http://blog.pixnet.net/bookspring
郵政帳號 19705538
戶名 春天出版國際文化有限公司
法律顧問 蕭顯忠律師事務所
出版日期 二〇一七年 六月初版
特價 229元

總經銷 楨德圖書事業有限公司
地址 新北市新店區寶興路45巷6弄6號5樓
電話 02-8919-3186
傳真 02-8914-5524

國家圖書館出版品預行編目資料

禁忌錄：探病 / 等菁作. -- 初版 -- 臺北市：
春天出版國際, 2017.06
面； 公分
ISBN 978-986-94950-1-1 (平裝)

857.7 106008826




ISBN 978-986-94950-1-1
Printed in Taiwan

苓菁作品

苓菁作品

苓菁作品

苓菁作品